抗日战争

备忘书

第 一 部

張岱年

国家阴谋

张笑天 / 著

图书在版编目(CIP)数据

国家阴谋/张笑天著.—北京:北京大学出版社,2014.
(抗日战争备忘书)
ISBN 978-7-301-23450-1

Ⅰ.①国… Ⅱ.①张… Ⅲ.①长篇历史小说-中国-当代 Ⅳ.①I247.5

中国版本图书馆 CIP 数据核字(2013)第 269173 号

书　　　名:	国家阴谋
著作责任者:	张笑天　著
策 划 组 稿:	王炜烨
责 任 编 辑:	王炜烨
标 准 书 号:	ISBN 978-7-301-23450-1/I·2689
出 版 发 行:	北京大学出版社
地　　　址:	北京市海淀区成府路 205 号　100871
网　　　址:	http://www.pup.cn　新浪官方微博:@北京大学出版社
电 子 信 箱:	zpup@pup.cn
电　　　话:	邮购部 62752015　发行部 62750672
	编辑部 62750673　出版部 62754962
印 　刷 　者:	北京大学印刷厂
经 　销 　者:	新华书店
	965 毫米×1300 毫米　16 开本　17.25 印张　170 千字
	2014 年 1 月第 1 版　2014 年 1 月第 1 次印刷
定　　价:	39.00 元

未经许可,不得以任何方式复制或抄袭本书之部分或全部内容。
版权所有,侵权必究
举报电话:(010)62752024　电子信箱:fd@pup.pku.edu.cn

中国的抗日战争是这样爆发的……

从 1928 年的"皇姑屯事件"到 1931 年震惊中外的"九一八事变",日本对中国实施的"国家阴谋"步步逼近,愈演愈烈,终于发动了侵略中国的法西斯战争。

序

记得好多年前,我访问日本的时候与日本名作家、名导演新藤兼人等在一起聊起中日百年恩怨的话题,大家有合作创作一部令世界刮目相看的巨作的想法。按他们的说法,要超脱,要客观,要绝对还原历史本真。后来我终于认为这是一种文化"乌托邦",超越民族、超越时代的共识常常被极其微妙的潜意识的流露令其蒙羞。

即便是开启中日邦交正常化的田中角荣,他对那场给中国人造成巨大灾难的侵略战争,竟用了"给中国添了麻烦"这样的词,令人错愕,好像是他们不小心打破了邻居的一个花盆。

我那时便断言,中日之间还会有"大麻烦"。

历史不幸被我言中,或将继续言中。我后来就想,这种敏感而厚重的题材,还是不合作的好。

本书是第一部,从1928年8月3日日本人炸死张作霖的"皇姑屯事件",写到1931年"九一八事变"。第二部《民族记忆》、第三部《时光遗迹》以及第四部《时代终结》,也在孕育中。

  有人说我有与生俱来的家国情怀,也许吧。不要以为我在写编年史,在百余年沧桑历史的经纬中,织进去的是血泪、情感和尊严,不期望与谁共鸣,至少我不想以展示民族的痈疽取悦于人。

黑沉沉的夏夜还没有从铁幕中挣脱出来，湿漉漉的露水正在草梢上聚集，潮闷的大地仿佛在不安地颤抖，闷热、窒息，有点像地震前的征兆，让人不安。这是满铁线与北宁线交会处，从地理坐标上看，它虽是交通枢纽，却并非水陆码头的重镇，刚修筑铁路时，它就叫"沈阳站"，距沈阳才不到十华里，后来才改叫"皇姑屯站"。皇姑屯名字来由有多种传说，据说乾隆到北陵祭祖时遇到风雨交加的坏天气，就到附近一户农家避雨，农家母女以饭食招待了乾隆，他认了民女为义女，这自然就是皇姑了。后来皇姑为母守孝三年忧郁而亡，葬于此，便有了黄姑坟的名称。但这里的庄户人一代代地重复着脸朝黄土背朝天的日子，从来没因为皇姑而被受恩泽或引人关注。1928年6月4日凌晨，发生在皇姑屯的爆炸，却使这个默然无闻的小地方一夜成名。

那是号称"张大帅"的东北军阀张作霖殒命的伤心地，也是早就想把东三省纳入囊中的日本人制造战争借口的策源地。因为客观上日本关东军失去战机没敢贸然动武，使"皇姑屯事件"降格成了三年后"九一八事变"的一次预演。

朦胧夜色中，一小队化装成南军便衣队的人影在路轨上急匆匆走动着、忙碌着，埋炸药、接导火索。其实他们是日本关东军大尉河本大作率领的铁道爆破小组，他们想除掉张作霖，又要嫁祸给南方军。

那一天，张作霖乘坐由当年西太后的花车改装的豪华列车出关，返回他起家的东北。这几年张作霖着实风光了一阵，但对他来说，这年流年不利。年初，蒋介石联合冯玉祥、阎锡山和桂系军阀，发动了对奉军的第二次讨伐，奉军节节败退，一直给他撑腰的日本人见他大势已去，乘机想控制东三省，强迫张作霖签订了一份让他骂"妈拉巴子"的《满蒙新五路协约》，又以解除武装为威逼条件，迫使奉军马上撤回东北。张作霖十分恼火，用他的话来说"小鬼子真不是东西，妈拉巴子的，给鼻子上脸，还想骑脖颈拉屎呀"，他好歹还控制着"中央"，于是就在5月25日，在北京发表了《北京政府正式宣言》，声称"东三省及京津地方，均为中国领土，主权所在，不容漠视"，随后主持了北京政府最高级别紧急会议，接受了"小六子"张学良的建议，决定"息内争，御外侮"，下令奉军向山海关外撤退。他不能把经营多年的老巢丢了。

当张作霖不想当驯服的走狗而势必成为日本独霸满洲的障碍

时,日本人决定下手除掉他。目的在于消除日本在满洲建立"新国家"的障碍。

日本军方多亏豢养了一个改名叫"川岛芳子"的大清格格金璧辉,她混迹于日华高层,竟把张作霖专列的发车、运行时间掌握得精确到分。

皇姑屯注定成了改写东三省历史的印记。

刚现出鱼肚白色的天际,探照灯撕开残余的夜暗,一列高速行驶的火车飞驰而来,粗犷的汽笛声、隆隆的车轮声震耳欲聋。张作霖就快到家门口了,他一直紧绷着的那根弦也松弛下来。

张作霖豪华的专车,前后几节车厢全是荷枪实弹的卫队。他下榻的专车,拉着深色窗帷,这时他才有了一丝睡意,打了个哈欠,拿起卧铺上放着的长杆旱烟袋,想抽上一口,卫兵为他在铜烟锅里装上烟丝,划火点上。

贴身警卫都在门外,门口只有得力干将吴俊升陪他坐着。

他一直在盘算着,退回关外后怎样跟日本人摊牌。这些年与日本人打交道,张作霖学得"猴精",日本人一撅尾巴拉几个粪蛋他都知道,他们不过想利用他,把他当傀儡耍,把满洲纳入日本版图才是他们的最终目的。张作霖现在翅膀硬了,羽毛已丰,他手握四十五万重兵,不怕日本人刁难。

列车探照灯笔直地扫过来,道轨上人影消散,隐没于路基两侧草丛中。稍远处茂密的灌木丛中可见全副武装的日本兵埋伏着,那是来接应河本大作的。

皇姑屯三洞桥附近，日本关东军高级参谋河本大作大尉似乎很沉着，他可不是人们通常见到的仁丹胡形象，他脸色白皙，戴副银丝镜，倒像一介书生。这次行动，是关东军司令村冈长一郎一手策划的。

河本大作明白，皇姑屯炸张作霖专列是一石二鸟，既可除掉日渐不听摆弄的张作霖，又可嫁祸南军，制造口实。他知道，关东军已制订了乘机出兵占领东北的预案，他明白自己肩上担子的分量，皇姑屯一声爆炸，等于拉开满蒙划归大日本天皇治下的序幕。一想到此，他觉得浑身上下每个毛孔都充斥着武士道的张力，令他振奋，让他发狂！

火车越来越近，铁轨像在剧烈地弹跳，全速行驶的专列带着呼啸的风扑面而来。

河本大作手一摆，士兵合上电控闸，导火索点燃，在熹微晨光中，喷溅的火花闪电般射向铁轨。"轰隆"一声巨响，冲天火光中，火车四分五裂，碎屑冲天，在一片惨叫声中，解体的车厢七扭八歪地倒在路基两侧。枕木上、草丛中，到处是血肉模糊的尸体。

张作霖的卫队从后面车厢拥向炸烂了的专车。首先发现十多个亲兵和吴俊升都横七竖八地倒在车门口、过道联结处，一摊摊血正顺着歪倒的后车厢往路基上淌，缺胳膊断腿的，血肉模糊的，惨不忍睹。

炸车的日本兵狂热地跳起来，并把南军的衣物、标识和伪造的信件丢弃在附近，随后消失在草丛尽头。

究竟张作霖死没死,是日本关东军最为关心的。矮胖的关东军司令村冈长一郎一直派人在奉天大帅府附近刺探消息,从现场一片狼藉的照片分析,张作霖难逃一死,可大帅府并未举哀,门没糊白,也听不见哭声,一切如旧。

不得不说,草莽出身的张作霖城府深严,他虽身负重伤,只剩一口悠悠之气,仍不失其心计,在上担架时,他一面嘱令严守机密,即使他一命呜呼,也不准发丧,一面派人火速通知在外带兵的张学良星夜往回赶。他当然盘算着见上儿子一面,好交代后事,小六子不到,他这口气难咽啊!

二

奉天大帅府像一只巨兽蹲伏在朝阳街地段,四周像往常一样,肃穆安静,仪门、垂花仪门都紧闭着,三进院子、大小青楼后,军人、仆人走路都蹑手蹑脚。内外岗哨林立,长街短巷也有便衣来回走动,气氛显得很紧张。

大青楼张作霖的卧室里,张作霖浑身是血,医生、护士正为他擦拭,包扎伤口,可血还是渗透了厚厚的纱布,人们都意识到,大帅没救了。死,对于一代枭雄张作霖来说,不知碰上多少回,多少次与死神擦肩而过,用他自己的话说,他都摸过阎王爷的鼻子。这一次怕是在劫难逃了,此时张作霖心里一清二楚。他似乎看见另外一个张作霖在半空游荡,似乎在揶揄他,那是他出窍的灵魂吗?那虚幻的灵魂似乎在说:早知今日,何必当初!

他的起家,也许该感谢日本人,因为日本人给了他好处,那出窍的灵魂却有歧见,你张作霖不是也被日本人进一步抓在手里了吗?上贼船容易,下贼船难呀!

别看下面的人报告,日本人称爆炸现场发现了南军的衣物、信件,张作霖心里门儿清,这是小鬼子在放烟幕弹。真正想要他命的,除了小鬼子没别人!这帮不是人揍的王八羔子,过河拆桥,卸磨杀驴。

出窍的灵魂在埋怨他,假如十三年前张作霖到朝鲜去出席"日韩合并"五周年庆典时,不受到日本政客寺内正毅的青睐又会怎么样?他能领悟到日本人有意对他栽培,此后张作霖如愿以偿挤走了张锡銮、段芝贵几个对手,成了奉天督军兼省长。正好这时寺内正毅成了首相,他为张作霖撑腰,使他成功地排挤了政敌冯麟阁等人,成为事实上的"东北王"。张作霖知道1921年日本内阁怎么评价他、利用他,官方文件公开说"援助握有满蒙实权的张作霖,以确保我在满蒙的特殊地位"。

是为报恩还是想找靠山?也许兼而有之吧。在日本人着手窃取鞍山铁矿时,你张作霖不是表示"不吝给予援助"吗?对了,老牌汉奸于冲汉往返于北京、奉天为满铁办矿照,坐的不就是你张作霖提供的专列吗?

当然,日本人也有回报,张作霖先后卷进"直皖战争"和两次"直奉战争",日本人支持、指导过他,二次"直奉战争"得胜,奠定了张作霖在华北的霸主地位,又把长江下游收入囊中。后来发生的郭松龄倒戈事件,更把张作霖牢牢地绑在了日本战车上。

当时郭松龄率四个军出山海关直捣奉天，张作霖好不狼狈，已经收拾细软准备向日本人的满铁逃难了，幸好日本关东军司令官白川义则警告郭松龄，宣称日本人"不能坐视"，并付诸行动，调遣驻辽阳的第十师团和驻朝鲜的日军三千多人火速集结奉天，这是郭松龄倒戈流产的根本原因。如果不是日本人出面干涉，吴俊升怎么能击败郭松龄，张作霖怎么能逃过这一劫！

感激日本人，这不是人之常情吗？而况张作霖起自绿林，江湖义气也不容许他知恩不报啊！五年前日本关东大地震，张作霖慷慨解囊，一次捐两万袋面粉、一百头牛，对得起日本人嘛。

报恩可以，拿谁不识数，让自己当儿皇帝那可不行！这是张作霖的底线。由于后来的田中义一首相指望张作霖对抗南方，保住满蒙利益，田中步步紧逼，表面文章是让张作霖与日本人"肝胆相照"，实际想把张作霖当成牵线木偶。

是日本人觉察到张作霖不甘为奴才反目的吗？在张作霖出关前，日本芳泽公使公然在张作霖公馆软磨硬泡一个通宵，逼迫张作霖火速带兵返回奉天。这是一个阴谋，关东军准备在锦州至山海关一线解除奉军武装，由于张作霖撤兵迅速，他被炸的一个星期前，撤到奉天、八面城一带的奉军已有五六万人。下达关东军行动的天皇敕命迟迟未到，首相田中义一又得知美国照会，声称如日本出兵，美国不能坐视，田中犹豫之时，关东军已失去战机。正当张作霖暗自庆幸时，日本人这才动了杀机。

张作霖心有不甘，为人精明一世，自称是"横草不过的老狐狸"，终究被人暗算了。

张作霖觉得两眼发涩,无论如何也睁不开,他想交代后事,可舌根发硬,舌尖发麻,也许声音是混浊不清的,也许根本没发出声。趁此时灵魂还没有彻底消散,他必须说话。

左右将领、大小妻妾围在榻前呼叫、啼哭。张作霖听见了,只是很遥远。

张作霖知道这就是人常说的弥留之际,他觉得自己临终的话很有力:别瞎忙活了。他妈拉巴子的,到底叫小东洋鬼子算计了!什么满蒙利益?我早看透了,东洋鬼子是想霸占东三省,我挡了他的道!

号称"辅帅"的张作相安慰大帅,说些"大难不死,必有后福"之类的吉利话。

你当我是穿开裆裤的孩子呀!张作霖想苦笑一下,但脸颊是僵硬的。当初就不该靠东洋鬼子撑腰!眼看不行了,快叫"小六子"回来。千万秘不发丧,别让小鬼子趁火打劫!

妈拉巴子的,大意啦!若是让替身宫来福穿上大帅服坐专列出关,自个微服简从,走陆路回奉天,不是就躲过这场劫难了吗?一想到这,他肠子都悔青了。那有什么用?天下最难买的是后悔药啊!

张作霖眼前如同出现一片黑惨惨的迷雾,他觉得麻木了,灵魂化成轻飘飘的烟尘,瞬间飘散出大帅府,飘向了天涯……

张作霖的头不知不觉中歪在了枕旁,却圆睁两眼闭不上。众妻妾一片哭声。

张作相急得摆手,重申大帅命令,不准举哀,这要坏事的!他令卫士把女人们强行拖到了第三进院子。

三

张作霖的专列被炸时，张学良正在京汉线上指挥奉军撤退，接到凶信，他当时纹丝不露，沉着地率领三、四方面军顺利撤至京奉线。6月19日，张学良化装成士兵，搭乘铁皮闷罐车返回奉天，并且马上被奉军拥戴为奉天军务督办，以填补权力真空。

其实，张海鹏、汲金纯这些奉系元老都想推举张作相为东北领袖，但张作相知道张作霖的阴魂不散，希望他器重的小六子承袭大位。何况经过这些年的历练，张学良大有长进，且有一群少壮派精英拥戴。张作相很有自知之明，力举张学良为东三省保安总司令。

在张学良就任总司令的第二天，一个戴金丝眼镜、衣冠楚楚的日本人坐汽车来到大帅府门前。他四十岁模样，西装革履，文质彬彬，一表人才，他就是服务于奉天特务机关的甘粕正彦。他仔细观察着帅府动静，见并无反常迹象，不禁狐疑地皱起眉头。

甘粕正彦还是头一次近距离地观察大帅府，大帅府是十四年前张作霖当上北洋军阀第二十七师师长时破土兴建的。这座面积三万多平方米的建筑群，真够雄伟的了，坐北朝南的仪门有五间，两侧有抱鼓石狮和上马石，大门扇上画着秦琼和尉迟敬德两个门神，内侧门楣挂着"护国治家"的牌匾，可见张作霖家国观念的合二而一。

见他走近，几个荷枪实弹的士兵过来挡驾。甘粕正彦微笑着出示名片。

大帅的少校副官刘有容接到报告，走出仪门，一看名片，虽不认识甘粕正彦，也知道这人有来头，大帅说过，此人心狠手辣，连大臣都敢杀。

刘有容很礼貌地摇头不放他进去，理由是大帅正在老虎厅召集重要军事会议，已关照过，任何人不能进见。

甘粕正彦眼中流露出明显不相信的神色，他此行就是亲自来察看动静的，关东军上下都在狂热地庆贺炸烂了张大帅的专列，却不相信大帅如此命大！奉天特务机关长派出几批便衣到大帅府附近观察，竟一直弄不清大帅到底是死是活。要知道，张作霖的生与死，关乎日本国的利益呀。

不得已甘粕正彦亲自出马了。他下意识地向帅府里张望，试探地向刘有容表白，听说大帅的专列出事了，日本朋友们心上不安，特地赶来看看，都希望大帅没事最好。

刘有容明白他心里想的是什么，就轻描淡写地告诉甘粕正彦，只伤了几个勤务兵、护兵,张大帅命大福大,是不坏金刚,汗毛都没少一根。

甘粕正彦只好用吉人天相来讨好,又没话找话地问:"大帅刚从北平回来就开会?真是废寝忘食呀!"甘粕正彦声称他是代表关东军司令官村冈长一郎来看望大帅的,无论如何要见一面,实在不能面见交谈,看一眼大帅的虎威也好回去交代。

甘粕正彦本以为刘有容会把他拒之门外,没想到却挺好通融,虽显为难,还是答应了,但称不敢通报进见,可在二进院子垂花仪门那里看一眼大帅风采,这是他敢承担的。

不得已而求其次,甘粕正彦表示,可以不进见,远远地望一眼就行。

甘粕正彦随刘有容走进气势宏伟的仪门,迎面是起脊挑檐影壁,嵌着汉白玉刻成的"鸿禧"二字。又进二道垂花仪门,就听见大青楼老虎厅里传出大嗓门训话声,由于是夏天,门窗都敞开,可瞥见大厅里人影幢幢,文武大员们环坐,济济一堂。甘粕正彦是认得张学良的,他一身戎装,腰板挺直,就坐在门口显眼位置上。令甘粕正彦大为惊骇的是,他果真看到了小个子张作霖,看来他只是受了伤,左胳膊吊在脖颈上,右手端着长杆旱烟袋,边抽边在地上踱步,和平时一般模样,粗鄙中透着狡黠。此时张作霖不时挥舞着旱烟袋,晃头跺脚,好像十分激动地在狂喊,可惜甘粕正彦听不见他究竟在叫嚷什么。

刘有容斜睨甘粕正彦一眼,意思是说,我没骗你吧?

甘粕正彦问他会要开多久？似乎暗示他可以等。

但刘有容把门封死了，他说大帅的大尾巴会是有名的，开个一天半宿，没准，再说，会一完，就要去视察东大营、北大营，刚从关内回来十来万兵马，都等着听大帅训话呢。他告诉甘粕正彦趁早打道回府，等也白等，答应回头代他去回大帅，非见不可，改日再另约时间。

甘粕正彦无奈，只好点点头往外走。

送走了不速之客，刘有容走进老虎厅，张学良主持的会已告结束，也可以说，戏已收场。原来为掩人耳目，在把张作霖的灵柩连夜悄悄运到北陵一处不显眼的庙里暂厝后，就启用了备用的"张作霖"。

这个替身叫宫来福，长相酷似张作霖，连做派、嗓门都像。年纪与张作霖相仿，原是小灶上的厨子，扒熊掌、烧海参、焖鹿蹄筋、熬飞龙汤是最拿手的，张作霖走到哪儿带到哪儿。平时他扎着粗帆布围裙，油渍麻花的，看不出什么，一旦穿上大帅服，打扮起来，常叫大帅的妻妾们都分不清，闹出很多笑话。因为宫来福贪杯、饶舌，又常偷帅府的东西，张学良曾动过赶他走的念头，可张作霖却把他当成了一宝，这倒不是因为他厨艺好。兵荒马乱的年头，世面不太平，张作霖几次遇险，防不胜防，何不让宫来福当个替身，替他挡挡子弹？有了这个念头，宫来福时来运转，开始了在大帅府养尊处优的生活，连厨房也很少下，整天游游逛逛，每月多拿五块大洋，去赌去嫖，都没人管，起初连张学良都纳闷，看不惯。直到那次在山海关会操时，假扮大帅阅兵的宫来福在检阅台上挨了一黑枪,张学良才弄明白是怎么回事。

不过,宫来福当大帅替身的事,绝对秘密,只有极少数亲信知道底细。

这次张作霖被炸身亡,为稳住东北大局,使日本人不敢轻举妄动,宫来福在这关键时刻又派上了用场。这不,连甘粕正彦都不辨真假,被蒙在鼓里了。

刘有容进了大厅,扮演张作霖的宫来福放下长杆旱烟袋,戏已演完,脱下缀满勋章、绶带的大帅服,一咧嘴,说了一句,这黄马褂可承受不起,压肩膀子,足有十多斤!

张作霖被炸之日,大家想乐不敢乐。

方才的"重要会议"是刻意安排给日本人看的戏而已,张学良事前得到甘粕正彦要造访大帅府的情报,就导演了这出戏给他看。戏演完了,大家都松了一口气,也该进入正戏了。

一身戎装的张学良虽然疲于奔命、难以招架,可显得很沉稳,气色也不错,挑起大帅丢下的这副担子,确实沉重啊。

他问刘有容:"走了?没露马脚吧?"

刘有容摇头说,甘粕正彦看了一眼,就信以为真了,宫来福只要不开口,走在大街上,也看不露,太像了。

宫来福洋洋得意,吹起了牛,又不是头一回当大帅替身了!这比掭大马勺都容易!若让他开口,妈拉巴子的,也能唬他个一愣一愣的!

张学良要人关上老虎厅的双扇门,正式会议此时才开锣。他对要员们说:"各位,大帅遇难,东三省等于塌了天,日本人急于除掉大帅,无非想借机占我东三省。日本人所惧者唯家父,所以大帅遇难消息,一定不能外泄,瞒一天是一天。"

一副大长脸的吉林省主席熙洽称赞大帅遗嘱,秘不发丧这主意妙,这等于演它一场死诸葛吓退活司马。大帅的虎威能避邪!

肥头大耳的张作相还是担心,只怕瞒了一时,瞒不了长远,迟早会走漏风声。今天甘粕正彦显然是来探风的,看看大帅死没死。日本人真不可交,一旦知道大帅已亡,不知会怎么样。

奉军总参议杨宇霆看法与众不同,他仗着自己是大帅的军师拟的人物,现在竟然以监国的姿态讲话了。他用教训的口吻说小六子光凭这鸡鸣狗盗的小把戏是稳不住大局的,若想抗衡蒋介石、阎锡山、白崇禧的势力,只能一边倒,倒向日本,有了靠山,这就踏实了。

没等张学良反驳,黑龙江省长常荫槐也来帮腔,力主以日本为靠山,内拒南方势力,外排美英各列强的企图。他明白表示,与其让众列强五马分尸,还不如给了日本独家,有人领情。

这叫什么话!好多人表示义愤,这不是公然主张卖国有理吗?大帅尸骨未寒,就抱仇人的粗腿?大家都把眼睛瞟向张学良,看他这乳臭未干的小子如何应对挑战。

只听张学良说:"若想卖国求荣,我张学良不用人教。干坏事是人的本性,与生俱来。但向善、为民为国伸张大义,这是必须后天学习的。我没曾想长辈会教我数典忘祖,小六子再愚再笨,也绝不背千秋骂名！"

令人意想不到的一席话把老虎厅镇得鸦雀无声，张作相和汤玉鳞等人都给他拍了巴掌。杨宇霆和常荫槐脸色一阵青一阵紫，简直走不出老虎厅了。从此，矛盾的种子也深埋在他们之间。

张作霖之死，太不逢时了，如果江山再稳固一些，没有这么棘手的内忧外患，接班也许从容得多，现在可真是受命于危难之际了。

张学良很后悔，早就该防备日本人这一手了。日本驻华公使芳泽逼着大帅要满蒙利益，又以张宗昌在济南杀了日侨相威胁，张作霖岂能吃他这一套？勃然大怒，摔了翡翠烟袋，还骂了芳泽"妈拉巴子"，谈了一宿也没服软，这才激怒了日本人，让他们下了毒手。早该料到，就不该坐专列回关外，哪有不透风的墙。

军长万福鳞说，小鬼子骑咱脖颈拉屎，就得来个硬碰硬！大不了跟日本人血战一场！

这时东北军参谋长荣臻从外面进来，拿了一张报纸，上面有皇姑屯火车被炸现场照片，大字标题写的是《为消除异己，南军潜入皇姑屯炸张作霖专列，张大帅生死未卜》。

张学良看了一眼，放下，果然是贼喊捉贼，还想嫁祸于人。他深感时事险恶，寄希望于奉军内部精诚团结，渡过难关。张作霖曾幻想借助日本人力量入主中原，直到这次日本人逼他放弃华北出关，他才认清了日本人的真面目，什么友邦？不过是利用，想找个傀儡，当你不听他驱使，不想俯首称臣时，就干掉你！

张作相说："汉卿归来前，议会、政府大员和军方开过联席会议。

我们已议决,汉卿就任东三省保安总司令,主持东北大政,大家也就放心了,不能群龙无首啊。"

张学良也不推辞:"敢不尽力,为东北三千万同胞福祉,还望各位鼎力扶持。"

众人纷纷表示,愿为少帅驱遣。

张学良清楚自己的处境,仿佛他正驾驶着一艘在风暴中夜航的巨轮,稍有不慎,就有触礁倾覆的危险。父亲活着,那他不用操心,背后有靠山。现在不行了,有山靠山、无山独立,他必须选择一条安全的航线,保住父亲创建的大业,不能让东三省落入日本人的手中。他不由得感叹:现在真是举步维艰,前门拒虎,后门有狼啊!

四

特务机关长土肥原贤二,四十五岁,有一颗光葫芦脑袋,亮光光的。一半是剃的,一半是因过早谢顶,浑圆的肚子把本来宽大的和服绷起来,使人担心带子会随时崩断。

此时他正与一个风姿绰约的年轻女性喝茶谈话,她二十四岁,苗条身躯裹一身日本军装,挎战刀,显得英姿勃勃,但从眉宇间仍能看出她是个妩媚女性。她就是清朝遗老肃亲王善耆的第十四个女儿金璧辉,因认了日本浪人川岛浪速为义父,改名川岛芳子。

土肥原贤二笑着,将一枚大和勋章从精致的丝绒盒子里取出,戴在川岛芳子胸前,用嘉奖的口气说:"对大日本天皇,你是立了功的,难为你怎样从少帅府得到张作霖专列准确的时间表,你有特别的魅力吗?"

川岛芳子嫣然一笑,没有正面回答:"你一定想入非非了,其实张学良当时在前线领兵,他根本无法为我提供情报。你以为色相万能,对吗?"

土肥原贤二哈哈大笑:"有人称你是东方魔女,不知这是褒是贬?"

川岛芳子摆弄着茶杯:"我无所谓,我若真是魔女,早成就大业了。"这也算是实话。川岛芳子和义父川岛浪速策动宗社党人举行满蒙独立运动,为促成此事,她甚至不惜下嫁蒙古王爷的儿子,到头来,还不是功败垂成,日方急电召川岛浪速回国,使运动流产,川岛芳子恨透了西园寺公望那老东西!她认为都是他捣的鬼。

为了安抚她,土肥原贤二委婉地说明真相,日本政府取消满蒙独立运动,并非不想得到这块肥肉,没办法,川岛芳子偷运的武器被截获,又有英国人强硬干预,当时的西园寺公望首相感到时机不对,才命令关东都督大岛义昌取消这次行动的。

川岛芳子冷笑:"你们又高明在哪里?没有我,皇姑屯爆炸可能成功吗?"

土肥原贤二笑:"所以呀,你得了大和勋章,而且晋升少佐了,恭喜你!不过,这是关上门的事,对外嘛,报纸上登了,是蒋介石的南军便衣队干的。现场还发现三封'国民军东北招抚使'书信呢。请小姐守口如瓶!"

"这还用叮嘱?"川岛芳子纵声大笑,"前辈把我川岛芳子当三岁孩子了吧?"

土肥原贤二说:"多心了。我们从没把你当成中国人、满洲人,我有时真的感到你身上流淌着大和民族的血液。"这也贴近事实,川岛芳子还是小姑娘的时候,就在日本松本女子高等学校受日本文化熏陶,她也自诩,自己就是地道的日本人。

川岛芳子明白,嘉奖的背后又是任务,就问土肥原贤二,想让她干什么?

土肥原贤二说天生我才必有用,还有更大的事要干。便回头要介绍甘粕正彦给她,他称甘粕正彦是个奇才,川岛芳子和他一起干,一定珠联璧合。

川岛芳子莞尔一笑,她早就认识甘粕正彦,那是她崇拜的英雄。表面看,甘粕正彦是帝国军人里唯一一个身上没有杀气的人。可不可思议的是,他竟残忍地把大杉荣一家三口裹上被子扔到井里淹死,下手如此狠毒,与他和善文雅的外貌对不上号。

土肥原贤二笑了,用中国现成的话来说,这叫外柔内刚吧?

川岛芳子却认为这评价不怎么恰当。

这时送茶女博士进来,附土肥原贤二耳根悄语一句,土肥原贤二马上命令,请他进来。

与穿和服的土肥原贤二不同,甘粕正彦西服革履,领带打得很得体,皮鞋擦得光可鉴人,他永远是一副谦恭、笑容可掬的样子。进来后,甘粕正彦先向土肥原贤二鞠躬,发现川岛芳子后,俏皮地说:"我说这间屋子一派橘红色光辉呢,原来是美男子川岛芳子先生驾临!"

川岛芳子感到很舒服,站起身从容优雅地一笑,不是鞠躬,而是敬了个标准军礼:"川岛芳子向卓有成就的前辈致敬。"

甘粕正彦看了看川岛芳子,又征询地看了一眼土肥原贤二。

土肥原贤二告诉他,没关系,川岛芳子是自家人。

土肥原贤二打量甘粕正彦良久,眯缝着小眼睛笑问:"我真不想听到张大帅没死的话,不幸这是真的,对吗?"

甘粕正彦讲述了去大帅府的经过,他亲眼看见那个满身匪气的人张牙舞爪地在大帅府演讲,只是胳膊受了伤,看起来无碍。

土肥原贤二不由得有几分叹息,画虎不成反类犬哪。没想到张作霖这么命大!他不死,日本帝国在满洲的计划就不会那么顺利。

川岛芳子却不以为然:"何故叹气?一次炸不死,来第二次嘛!不想干了?我愿请缨,去干掉张作霖,张作霖一死,满洲就群龙无首了。"

甘粕正彦用意不明地一笑:"不知你是扮男还是扮女?若允许我参谋,我觉得还是你的美色更有杀伤力。"

川岛芳子脸有愠色,感觉受到了甘粕正彦的奚落。

土肥原贤二息事宁人地摆摆手,制止甘粕正彦再说下去。

现在用武不是时候,有消息称,东北军正在调动,从关内回来的主力也集结在锦州一线,他们有几十万人,而日本关东军加上独立守备队还不到一万人,不成比例呀。

在川岛芳子看来,兵贵精而不贵多,关东军是以一当十的天皇陛下的精锐之师,中国兵不过是豆腐而已。

甘粕正彦不这么看,是豆腐,一大砣,也是咬不动的豆腐干。

田中义一首相本来还想软化张作霖当傀儡，可军方不干，非除掉而后快，土肥原贤二明显感到，现在弄巧成拙了。

川岛芳子本来就不看好张作霖这个土皇帝，他受天皇十年栽培，却忘恩负义，到头来想找英美当靠山！

甘粕正彦认为军方没有错，只有干掉张作霖，没有第二条路。东三省没有了张作霖这个草头王，事情要好办得多。

土肥原贤二也承认，张作霖不死，满洲不乱，想火中取栗也难。可恨美国人插了一手，声称如果日本在满洲动武，他们不会坐视。这就不好办了。关东军司令官村冈长一郎下达的命令是，张作霖一死，关东军乘机解除奉军武装，出兵奉天、锦州，一举占领满洲。如意算盘打得很好，却出现了不如意的结果，土肥原贤二的结论是，时机还不到啊。

甘粕正彦也赞成土肥原贤二的看法，中国人讲瓜熟蒂落，瓜没熟强扭下来不会甜。

川岛芳子显得很不开心，乐了半截！她原以为皇姑屯爆炸声一起，关东军就借维持满洲治安为名，发动全面进攻呢，张作霖死不死有什么关系，照常出兵嘛。

甘粕正彦笑她幼稚，历史上的突发事件，都得益于机缘，张作霖没死，东北军又蜂拥而归，日方错过了千载难逢的良机呀。虽然面临困境，如果日方执意动手，也会马到成功，但他认为关东军司令没有胆魄。

土肥原贤二笑他又性急了，九年前，甘粕正彦借关东大地震之机,杀了无政府主义首领大杉荣,就太性急了。同样是时机不成熟。

干了也就干了,甘粕正彦从不后悔,尽管差点被判死刑。甘粕正彦忘不了土肥原贤二和少壮派军界朋友为他奔走呼吁和营救,不然他现在还在监狱里服刑呢。

土肥原贤二怎么能不救他?他杀大杉荣,还不是为大日本称霸东亚的步伐加快些吗?

因祸得福,甘粕正彦被营救出狱后,又被送去法国学习绘画,他躲过一劫,而且头上又多了一顶艺术家的桂冠。川岛芳子早就听说,甘粕正彦对拍电影感兴趣,多次与松竹、东宝公司的艺人们谈合作。所以川岛芳子很不解,他难道想从艺吗?

土肥原贤二像是受到了某种启发,甘粕正彦若真的有了艺术家身份,也许更妙。真正高明的人,是不露真面目的,中国人叫"真人不露相"。

川岛芳子不无讥讽地说,甘粕正彦先生正是可以戴假面具的人。

甘粕正彦斜了她一眼。

土肥原贤二说:"甘粕先生更有报效天皇的本钱了,加油干吧!"

惺惺相惜,甘粕正彦现在关心的是,河本大作会不会受到追究?他称河本大作是一条汉子,昨天甘粕正彦见到他了,他说,不要给军方和国家增添任何麻烦,皇姑屯爆炸由他一人承担。

甘粕正彦这话是给土肥原贤二听的,他希望土肥原贤二能像当年厚爱自己一样,使河本大作受到军方前辈们的庇护,看在他为大日本竭尽忠诚的分上。

土肥原贤二明白，处理河本大作，不过是日本内部一种平衡的需要，谁也不会太认真，做个样子平平文官们的愤愤之气也是必要的。土肥原贤二要甘粕正彦放心，他早有设想，并且正在斡旋，最多是让他转为预备役而已。如果有可能，让他出任满洲煤炭株式会社理事长，他照样有机会参与谋划满洲的事情。

听土肥原贤二这么一说，甘粕正彦心里落了底，用一个标准的军人敬礼表达了他的感激之情。

姜毕竟是老的辣，土肥原贤二这个在中国混了半辈子的"中国通"，并不相信来自各方的情报，他疑心，张作霖早已成鬼，中国历史上不乏"秘不发丧"的例子，诸葛亮不也是这样吗？土肥原贤二这样猜疑，是与原来的情报找到了契合点，他掌握过确切情报，张作霖有替身。那么，这次在太原街上招摇过市的张大帅，焉知不是一个掩人耳目的替身？但毕竟是猜测，他就没有在甘粕正彦和川岛芳子面前说出来。但为了日后不损坏自己的威望，他一方面向东京方面提出了自己的怀疑，同时也不忘在甘粕正彦面前有个显现先见之明的暗示。他说，我们有时宁可相信张作霖已经死了，这也许更主动。

甘粕正彦一愣，此话是什么意思？难道……他似乎是受到了刺激，叫启发也未尝不可。

五

奉天城繁华的太原街上,军警开路,一溜黑色奥斯汀小汽车在卫队卡车簇拥下浩浩荡荡开过来,这阵势,奉天人常见。但张大帅已死的传言满天飞的当下,这次大帅仪仗的出巡,就格外具有轰动效应。见是张大帅出行,民众都愿凑热闹,围观者越来越多。

一个中年人从斜刺胡同里骑车过来。他一身西装,中分头,举止文雅,他叫阎宝航,是东北国民外交协会会长,兼着拒毒联合会会长。他三十五六岁左右,旁边有一个同行者,也骑着自行车,是个年轻姑娘,她很漂亮,是日本早稻田大学一年级学生,放暑假回乡的史践凡。

他们无法绕过车队,便双脚撑地,站在一家当铺廊檐下观看。

车队、马队后是骑在马上的张学良,史践凡指给阎宝航看。他们都还不知道张学良从关内回来了。前两天报纸上接二连三地报道张大帅专列在皇姑屯被炸,大家都捏了一把汗,各种传说很多,有说张大帅已死,也有说死了的是替身的。史践凡一家是和张作霖有交情的,父亲史籍是张学良的老师,连他们也不知底细,被大帅府告知,张作霖只是受了点皮外伤。

坐在一辆黑色奥斯汀车里的厨子宫来福,此时穿的又是无比神气的大帅服,高高的帽子上还插着摇摇晃晃的大璎珞,一时有腾云驾雾的感觉,像是自己真的成了统率几十万兵马的张大帅。他精神抖擞,见路人欢呼,便摇下车窗,左臂吊右胸前,忘乎所以地频频挥手向夹道民众招手示意。

民众以为是张大帅,见他没死,万众欢腾雀跃,欢呼声响彻云霄。东三省的人并不一定从心底里热爱张大帅,他们受军阀混战和土匪横行的气受够了,好歹出了个一统山河的张大帅,削平了大大小小的山头,管他是阿猫阿狗当政,只要百姓能过太平日子就行,给谁出捐纳粮不一样?这些年张大帅起码把那些占山为王的土匪、胡子镇住了,有人说张作霖是邪恶太岁,管它邪正,能压邪就行。

阎宝航若有所思地望着眼前这一幕。

张作霖没死,史践凡说他命真大,报上说,专列上死伤七十多人,他居然逃脱了。她问阎宝航,假若张作霖死在皇姑屯,那会怎么样?

阎宝航笑了。在他看来,历史不能假设,但可以推断,一旦张作霖被炸身亡,日本人就可能借维持东三省治安之名出兵,那可就是东北的悲剧了。停了一下,阎宝航忽然冒了这样一句:"有时,死人也能震慑活人呢。"他也举了《三国演义》里死诸葛吓走活司马的故事。

为什么阎宝航突然说起这个典故?是某种暗示吗?史践凡斜睨阎宝航一眼,听他的意思,他似乎认为大帅已经罹难……

她的猜测刚一出口,阎宝航机警地四下张望,碰一下史践凡的手,她会意,吞了下半句。

大帅府车队过去,路面恢复了平静,阎宝航和史践凡又骑车上路。

阎宝航问她,这几天去没去过大帅府?

史践凡迟疑了一下才说,她倒是想去看个究竟,但她爸爸不让,说大帅府是多事之秋,不让她去添乱。

阎宝航知道,因为史籍与张学良有师生之谊,大帅对史家向来高看一眼,史籍是大帅府的座上客。但他也知道,史籍是个自称"清流"的知识分子,从不在人前夸耀,除非有请,他从不踏大帅府的高门槛,他厌恶攀龙附凤的人。

正好路过太原街满园春饭馆,门前有"南北大菜,包办酒席"的牌匾,高挑八个幌子,这是最高级别的标志,也就是说,食客点到的菜你不能说没有。这是奉天城唯一一家敢承办满汉全席的大馆子,听说就有张大帅的背景。

一阵熘炒烹炸的香味从满园春饭馆里飘散出来,史践凡抽了抽鼻子说好香,口水都快流出来了。

阎宝航说了声"小馋猫",他猛然记起,他曾许诺过,若是史践凡考上了日本早稻田大学,他就请她下馆子,去"满园春"吃满汉全席。史践凡去年就到早稻田上学了,可阎宝航的许诺却一直没兑现,今天正好走到了"满园春"门口,又值饭时,他便拉着史践凡去下馆子,菜由她点。

史践凡撒娇地抱着阎宝航的胳膊,说她想吃熘三样。上次在阎宝航家,他夫人炒了一大桌菜,就熘三样好吃,对她口味。

阎宝航乐了,还以为她要点熊掌、鱼翅呢,熘三样?那他可省钱了!两个人笑着进了馆子,跑堂的为他们选了一间临街小包间,红木桌椅,四扇屏风镂刻着八仙过海的图案,多宝格上陈列着各种青花瓷器,真假难说,看上去很雅。跑堂的上了一壶老君眉茶,站在一旁等他们点菜。

阎宝航叫史践凡点菜,史践凡没看菜单就先点熘三样。

阎宝航乐了,也不能光吃一个熘三样啊!他又点了一个凉的,炒肉拉皮;一个热的,红焖肘子;一个汤,是传统的甩袖汤。

史践凡从窗户望出去,街对面一家叫"欲仙楼"的铺面,只见进进出出的人还真不少,在门外迎客的是个穿和服的日本人。她不禁皱起眉头,她知道,这是一家日本浪人开的鸦片烟馆。

陆续上菜了,跑堂的叫着,炒肉拉皮、红焖肘子、熘三样来咧……

史践凡夹一筷子肝尖放到口中咀嚼着,阎宝航问她口味如何?

史践凡点头说好吃,难怪门前敢挑八个幌。

阎宝航便又夹到她碟子里一些,问她,与阎家婶子炒的比,如何?

史践凡只是笑,阎宝航明白了,说:"这就叫山外有山,人上有人。不过可别在你婶子面前提这个茬,她没了面子,下次可不管你饭喽!"

史践凡咯咯地乐个不住。

吃了几口菜,史践凡才跟阎宝航说实话,其实呀,她背着父亲,已经悄悄去见过少帅了,过后也没敢告诉爸爸。

阎宝航没有问张大帅如何,关心的只是少帅精神如何?是否临危不乱?

临危不乱?这是什么意思?可见阎宝航早就疑心张作霖已不在人世了。史践凡没有明说,只是强调,张学良现在只有一边倒了,日本人还指望得上吗?杀父之仇啊!

杀父之仇?阎宝航用筷子点着她的鼻子,她终于说露了,人还在,何谈"杀父之仇"?他的推测被验证了。

史践凡警觉地向包间外看看,用筷子蘸茶水,在红木桌面上写了"大帅已死"四个字。果然被阎宝航猜中了,那么,秘不发丧、招摇过市的游街,都是掩人耳目,是怕日本人趁火打劫呀!

阎宝航不免平添几分忧虑,他问史践凡,没给张学良加把火?不管怎样,论机警、狡黠、计谋、心狠手辣和玩世不恭的处世经验,张学良都远不及他父亲。阎宝航生怕他乱了方寸,更怕他不服众。那就无法与日本人抗衡了。

史践凡说得好,她一个小孩子,说话哪有分量?人微言轻。她反过来将了阎宝航一军,他和爸爸都是少帅敬重的人,国难当头,他们该去进言。

如果不召而去,阎宝航怕适得其反,现在张作霖死讯尚未公开,去了怎样单刀直入地谈?只好等机会吧!在阎宝航看来,当此腹背受敌之际,张学良唯有选择易帜,倒向蒋介石中央政府,才有安全感,才是正途,才是明智的抉择。

史践凡见他紧皱眉头,一时不知他在想什么伤脑筋的事。

阎宝航发觉了自己的失态,赶紧给史践凡夹菜,叫她快吃,光顾说话,菜都凉了。

史践凡的目光又转向了街对面,有几个日本浪人提着帆布口袋,进入欲仙楼鸦片烟馆。史践凡示意阎宝航向外看,显然,日本浪人又在批发贩卖鸦片。史践凡知道,阎宝航正在办拒毒的事,一直想拿小鬼子开刀,这是需要勇气,也需要得到官方支持的。

阎宝航说,日本军警纵容日本浪人走私鸦片,实在可恶。既然少帅支持他们成立了拒毒联合会,就得给日本人点颜色看。在他看来,这也是对少帅的支持。

史践凡笑问,阎叔叔想做当代林则徐?

阎宝航叹口气:"家国不幸,日本人亡我之心,路人皆知,左手举刀残杀我同胞,右手拿鸦片毒害我民众,太可恶了。"

史践凡反正9月才开学,她表示愿意参加他们拒毒联合会的行动。

阎宝航当然欢迎,只要不耽误了她去日本留学就行。

说起留学东洋,史践凡还正发愁呢。原来她爸爸突然改变态度,不想让她回日本了,女儿也理解父亲的矛盾心理,一方面希望女儿能得到深造机会,学学人家日本人如何维新、自强;一方面感情上受不了,日本人如此欺负我们,自己的女儿还到东洋去留学,别人会怎么看?他心里肯定不是滋味。

阎宝航倒不绝对地看待这件事。他跟史籍交谈过,史籍想让女儿放弃早稻田大学,改去欧洲深造。

史践凡却一百个不乐意。她今天约见阎宝航的真实意图现在才透露,她不能半途而废,拼死也得回日本去继续求学,并且恳求阎叔叔帮她在爸爸那里劝说,又务必奏效才好。

阎宝航不明用意地笑着,要她实言相告,她不想离开日本的真实理由,否则她连阎宝航都说服不了,怎么去说服史籍?

史践凡讳莫如深地一笑,这理由还用明说吗?使命在身不容稍懈呀!

一提使命在身,阎宝航心里豁然明白了。他用深不可测的目光看了史践凡一眼,问她今年十几岁?

史践凡很奇怪,十九呀,他明明知道的呀!

阎宝航凝视着史践凡,认真地说,她可不像十九岁的小姑娘。

史践凡咯咯地笑:"我老了吗?"

阎宝航慨然道,面嫩可处事老到。

这话从阎宝航口中道出,可是不低的评价,史践凡有几分得意,纵声笑起来。

六

纸里毕竟是包不住火,张作霖之死,最终被土肥原贤二侦察得知,上报了首相和军部。

为此,驻奉天总领事林久治郎奉命回国述职。他下了船,不顾旅途劳顿,马上赶到外务省,向主官币原喜重郎外相报告。

总得有人承担责任,在林久治郎从东北动身之际,外相币原喜重郎就抢先向首相报告了张作霖之死这一迟到的消息。他们当然要推卸责任,声称土肥原贤二作为奉天特务机关长,严重失职,他是个"中国通"啊,又是谍报专家,怎么被张学良蒙蔽这么久,耽误了帝国决策,不可饶恕。说说而已,作为老牌特务,土肥原贤二的根子有多深,后台有多硬,军方背景有多微妙,币原和林久治郎谁不清楚?

林久治郎万万没想到,才三十岁的张学良这样狡诈老练,在耳目众多的日本人眼皮底下,竟能把张作霖的死讯封闭了这么久。

币原喜重郎也觉得意外,过去只盯着老张,小看这个小张了。亡羊补牢,他现在关心的是张学良最近有什么动向?

林久治郎担心张学良在内外交困的形势下倒向南方,那将对日本既定国策构成毁灭性打击。币原喜重郎和军方交换过看法,不能让这种事情发生,必须千方百计地去阻挠。

林久治郎报告了一件令币原精神为之一振的消息,原先称霸山东的奉系将领张宗昌主动找上门来,他已知道张学良意欲改编其队伍的消息,当然张宗昌明白,改编是削其兵权,他不但不遵令改编,反而掉转枪口进攻奉军,企图夺回直鲁地盘。为寻求支持,张宗昌已有投靠日本人的动向,这可是大好机会,日本关东军已介入。

这一来,张学良又面临新的困境了,他这步棋很难下。

他们分析得不错,这也正是张学良所焦虑的。

张学良整个晚上都睡不着觉。厚厚的窗帷挡住了庭院的灯光,也挡住了外面喧嚣的世界。这几天,他白天不得不接过父亲留下的大摊子,处理一件件棘手的公务,表面上还要应付日本人咄咄逼人的攻势。

他采取的是守势,尽量低调,事事做出必须请示大帅的架势,决不专断,亲信们知道他的苦衷,又帮不上他。他必须对东三省未来做出明确的决断,虚与委蛇只能搪塞一时,解决不了根本问题。

赵四小姐端着一盅人参燕窝汤进来,放在张学良沙发前的矮几上,也不说话,默默地陪坐在一边。

她知道张学良很难。

是呀，可以说是内外交困。就说奉军内部吧，新老两派势同水火，杨宇霆、常荫槐这些人，与日本人眉来眼去，与桂系白崇禧也频繁往来；大帅一手扶植起来的张宗昌更不是个东西，拥兵自重，集结兵力于滦东一带，横征暴敛，意在回师东北，逼迫张学良让他做黑龙江督办。近日，张宗昌和褚玉璞联手，竟投靠日本人，张学良使出了杀手锏，联合白崇禧一举歼灭之，去了一块心病。

外部压力更大，蒋、阎、冯、桂联军兵临京津，而更大的威胁当然来自日本。

赵四小姐问他，听说蒋介石派说客来了？

张学良斜睨她一眼，没有否认，也无需叮嘱她保密，她是宁可把事情烂在肚子里的人。他告诉赵四小姐，白天见了一面，怕走漏风声，不能多谈，来人是化装成客商的。

喝下那盅人参燕窝汤，张学良起身去北陵，名义上是为大帅守灵，实际是在暗室与蒋介石的代表秘密谈判。

张学良已经下决心东北易帜了，只有这条路可挽救东北不至于沦为日本人的附属国地位，也算对得住中华民族的大一统了。

日本人对东北易帜的敏感度极高。他想起前几天，从东京领命而归的林久治郎突然造访张学良。礼让拜茶后，林久治郎送上了几件精美丝织品，说是币原首相的一点心意。

张学良道了谢，静等下文。

林久治郎开门见山，说日本国坚决反对东北易帜。此前张学良与蒋介石特使频频洽谈，抢先在"滦东易帜"、"热河易帜"，现在要波及满洲了,日方绝不容忍。

张学良忍不住哂笑起来,挂什么旗,统不统一,这纯属中国的内政,与日本人何干? 他们干嘛大动肝火,如此激烈反对呢?

林久治郎抬出了《满蒙新五路协约》,那可是他老子张大帅亲笔签字的,他这当儿子的继承人有义务履行。

张学良反问,他若不承认呢?

林久治郎很强横,那日方就不承认张学良的地位。

张学良冷笑,我张学良的地位并不是日本人给的,也不会听命于日本人。况且,皇姑屯炸死了家父的同时,这份协约也一同炸毁了,无法履行。

这次交谈不欢而散。

北陵庙里,蒋介石的代表张群一直在等他。似乎不费什么周折就拍板了,只要东北打出青天白日旗帜,张群代蒋介石许诺,会把河北、北平、天津、青岛地盘划归张学良。这是开给张学良的易帜条件。它确实够诱人的了,多少出乎张学良意料,也显示出蒋介石的诚意。

张学良还有什么犹豫的!

不过事情远比想象的要复杂,林久治郎7月19日又一次来拜会张学良。

侍者上茶毕退下。张学良笑吟吟地请他"赐教"。

林久治郎开口就劝张先生不要听坊间的流言飞语,声明日本人对令尊大人并没有做什么。再次强调,有物证证明干掉张大帅的是蒋介石的人。

张学良说:"我并没有兴师问罪,先生何出此言?历史的迷雾,迟早会廓清的。"随后先发制人,表示他想易帜,把旗帜换成青天白日旗,完成中国的南北统一,还想听听林久治郎的看法。

林久治郎啜了一口茶,说:"为劝阻先生与南方蒋介石政权联手,我已到访贵府两次,您难道还执迷不悟吗?蒋介石是个反复小人,南京方面与你有杀父之仇,还值得你投靠吗?"

张学良并不动怒,平和的语气中透着坚定。他告诉林久治郎,蒋介石再不好,也是兄弟,兄弟也有失和交恶的时候,可彼此毕竟是自家人,林久治郎是"中国通",应当知道中国那句俗话吧:打虎要靠亲兄弟,上阵还需父子兵!

林久治郎认为,满洲多旗人,是清朝的发祥地,恐怕与关内不同。

张学良表示,东北政治,依民意而决。他所知道的是,无论满汉,东三省父老子弟都主张中华一统,他个人怎敢违抗民意?

林久治郎鼻子哼了一声,说这是借口!张学良一定这么做,就没考虑日本方面的感受和反应吗?

张学良正色驳斥,自家的事,似乎不必看别人脸色吧?

林久治郎一半威胁一半利诱地说:"满洲是我们大日本国利益所在,我们岂能不闻不问。我把话说白了吧,如果不是外务省庇护,军方早对你不客气啦!话又说回来,依了日本人,会有意想不到的好处。"

张学良针锋相对地回敬他:"想动武？中国人也不是任人宰割的羔羊,何况有'国联'在,有《九国公约》在,你们不怕遭天谴人怒吗?"

林久治郎终于按捺不住了,厉声道:"我希望你不要敬酒不吃,吃罚酒。如果先生一意孤行与南方勾结妥协,就等于无视我国的权益,也就是对我们的抗拒、蔑视,我好说,我怕说服不了关东军,后果阁下自己去想。"

张学良立起身:"这是最后通牒吗？我告诉你,易帜、南北统一,这纯属中国主权之所在,决不会动摇。"

林久治郎最终亮出了杀手锏,从皮包里取出一份文件,递给张学良,这是田中义一首相的警告书,强硬要求东三省"观望形势,保境安民"。

次日,关东军马上配合,陈兵奉天火车站示威,对张学良施压。

为给大帅举行葬礼,张学良犹豫了,派人通报蒋介石,暂缓易帜。

七

这一天，奉天小河沿公共体育场万头攒动，可容纳万人的场地拥挤得水泄不通。一听说少帅要销毁日本人的鸦片，大快人心，这显而易见是张学良要给日本人一点颜色看，一传十，十传百，人潮不断往里涌，奉天公安局局长黄显声不得不调动几百名警员负责警戒。

体育场临时设立一座席棚，作为中外官员、来宾观摩之所。张学良，政务会委员、省政府委员，各国领事、邮政局局长、沈阳关税务司，阎宝航为首的拒毒委员等，全都到场了。

席棚四周悬挂着大幅拒毒标语，如"日商贩卖鸦片可耻，害人无耻"、"吸食鸦片，使白银外流，使中国无可用之兵，同胞切勿上当"。体育场中央砌了四座砖炉，上面放置四口巨型铁锅。

现在，张学良心里总算轻松一些了，站在看台上与美国副领事林祺恩、法国领事葛礼邦等人谈笑风生，别人虽然不知他们在说什么有趣的话题，却也为少帅高兴，看来大帅的继承人腰杆挺起来了，不然怎么敢在太岁头上动土！

张学良这几天心情确实很舒畅，他利用暂缓易帜的三个月，既暂时稳住了日本人，又办了一件大事，就是整顿奉军。他将奉军精锐部队调回东三省，加以整编训练，将四十五万奉军裁至三十五万，每月可节省军费二百多万。从9月10日起，取消了军师番号，实行群旅制。

张学良与美国人林祺恩就谈到了这次奉军整顿，林祺恩以赞成口吻说了几句好话后，话题又转到了美国人关心的东北易帜上来。不久前，美国驻华公使马克谟，在征得南京政府同意后，借着去朝鲜公干名义取道奉天，其实是来会晤张学良，他客观上是蒋介石的说客。当时林祺恩一直作陪。美国人是来劝张学良尽快换旗的，美国人关心易帜是因为美国人害怕日本人策动东三省独立，那当然会直接损害美国在华、在东北利益。这对日本方面是个压力。

销烟开始，两个人终止交谈。

销烟由阎宝航主持。号声长鸣，警车开道，由意大利人、邮政长巴立地，副邮政长刘耀庭等押送装有毒品的车辆鱼贯入场，一箱箱毒品卸下，经清点后，阎宝航大声报告：计没收日本商人饭沼三郎经营口海关非法走私海洛因、吗啡共计一百四十七件。经化验系毒品无疑，今我拒毒联合会予以当众销毁。

此言一落，观众掌声、欢呼声雷鸣般响起来。

公开销烟,对日本人是个重大打击。

在1日本驻奉天总领事馆,林久治郎在屋中踱来踱去,显得很烦。土肥原贤二带着川岛芳子来兴师问罪,更是火上添油。

土肥原贤二责难他,这事本来应以外交手段解决。而林久治郎、外务省历来太软弱了,事事走在军方后头不说,还处处掣肘,造成今日之难堪。

林久治郎曾派副领事去找过阎宝航,也找过沈阳公安局局长黄显声,要求他们别上激进分子的当,激进分子借禁烟排日、反日,这才是要害。可阎宝航根本不买账。

川岛芳子说:"他们在体育场烧日商鸦片,这是对大日本帝国的挑衅,难道我们就这样软弱,忍了?"

林久治郎摊开两手,不忍怎么办?贩毒总不是光彩的事,叫人家抓住手腕子了,百口莫辩呀。何况,连各国领事都去助威了。

土肥原贤二已叫人去探问,哪国领事去了?

川岛芳子早已查明,最先去凑热闹的是美国副领事林祺恩,还有法国领事葛礼邦、法商华兰和龙东。

土肥原贤二告诉林久治郎,关东军那边已经咬牙切齿了,张学良会付出代价的。令日本人心有不甘的不止于此,在国际舆论压力下,日本不得不暂时退让,东北易帜只是早晚的事了,日方只求保住"满蒙五路",吉会、长大两条铁路的筑路权必保,这是日本利益所在。

土肥原贤二已叫川岛芳子查一查,这个姓阎的是什么人?有什么背景?

据川岛芳子掌握的情报,这个阎宝航,是个基督徒、学者,曾是基督教青年会会长,又是东北国民外交协会会长,精通几门外语,洋人朋友多,张学良也很看重他,显然属于德高望重的社会贤达。

土肥原贤二授意川岛芳子,给他点颜色看。事后要详细查查这个人的其他背景,一个基督徒怎么会这样激进。

川岛芳子会意,接下任务,她下楼,马上驱车赶往体育场。

小河沿体育场那边,丢在铁锅中的毒品已拆去了外层白铁盒、内层纸盒,倾倒在锅中。

阎宝航在一旁监督。化了装的川岛芳子在人群中闪了一下,把一件东西交给外围一名警察,说了几句什么。

阎宝航正忙,忽然有个警察挤过来,把一个厚重的牛皮纸口袋递给阎宝航。阎宝航一看,信袋上大书"阎宝航先生亲收"字样。

他皱起眉头,扯开封口,一倒,一把匕首、一颗子弹掉了出来。

阎宝航冷笑一声,举起匕首、子弹头给席棚里的人和群众看,他大声说:"恐吓是吓不倒真理的!那些丧心病狂的毒品贩子,还有他们的后台,有种的站出来,当众杀我,这算什么本事!"

说罢一挥手,喊了声"开始销烟!"

警察们把煤油浇在四口巨锅中,随后举火,顷刻之间,烈焰腾空,黑烟滚滚。民众拍手称快!

八

奉天城一夜间变了样，像变魔术一样，一觉醒来，所有建筑物上全换上了青天白日旗，大街上涌来浩浩荡荡的游行队伍，青年学生为主，连商家、兵工厂工人也都举着新国旗汇入到游行洪流中，可见易帜深得人心。

张学良乘车出现在游行行列中，引发万众欢呼。他受到了奉天人的真心拥戴。

《奉天日报》出了"号外"，满城散发，张学良的宣言被用大号铅字登在头版，与此前发往全国的通电一样，宣布"从即日起遵守三民主义，服从国民政府，改易旗帜"，同时刊登张学良荣任东北边防军司令长官，张作相、万福麟为副司令长官的消息。

这期间，张学良经历了他称为惊心动魄的几个大事件，才为易帜和巩固政权、打击日本人奠定了基础。首先是逮捕了亲日派陶尚铭，另一个与关东军勾结做内应的赵欣伯闻风后逃往大连。最严重的要数"杨常事件"了。杨宇霆曾是张作霖最宠信的干将，身兼奉军总参议及东三省兵工厂总办等要职，张学良执政后，杨宇霆以监护人自居，却继续与日本人勾结，阻挠东北易帜并与黑龙江省长常荫槐结为朋党，企图篡权，他成了张学良推行中央路线、抵制亲日路线的最大绊脚石。后来，变本加厉的杨宇霆竟强迫张学良设立由常荫槐主持的东北铁路督办公署，矛盾进一步激化，张学良使用了铁腕，在大帅府老虎厅将二人击毙，这也堪称不寻常的惊人之举。

除掉败类是对的，史籍认为当审判后定罪执行，不客气地指责他为人行事仍是张作霖的草寇作风。事后检讨，张学良对史籍说过"自己操之过急"的话。但阎宝航持不同看法，非常时期讲不了温、良、恭、俭、让，史籍摆脱不了文人的迂腐。

也许阎宝航是切中要害了，从镇压杨宇霆之后，张学良的绝对威信树立起来了，人说少帅继承了大帅遗风。没有这一手，青天白日旗也很难在东三省上空飘扬。

史践凡和父亲史籍、阎宝航也在东北大学的游行队伍中，人人手持"青天白日满地红"纸国旗，长街人流涌动，成了旗的海洋。"中华民国万岁"的口号声响彻云霄。

日本驻奉天总领事馆二楼临街的落地窗前，土肥原贤二和甘粕正彦、川岛芳子等人都拉开窗帘一角向外观看易帜游行。口号声透过窗户阵阵传来。

林久治郎沮丧地坐在茶几旁。他厌烦这几个人,还有心思欣赏吗?

土肥原贤二回过身来,川岛芳子倒了几杯日本"麒麟牌"啤酒给大家,她今天穿的是和服,也像日本女人那样踏着木屐倒碎步。在她看来,他们的节日,就是日本国的忌日呀!

土肥原贤二晃动着杯子里的酒,带笑地说:"这是我们软弱所应付出的代价。林久治郎先生一向鼓吹外交优先呀。"

甘粕正彦也认为外交软弱无能。即便想打外交牌,也得有武力为后盾,日本人知道张作霖被炸死的消息太晚了,让张学良有机会倒向蒋介石。如果皇姑屯硝烟一起,关东军敢于冒险出兵,也许这时候东三省已经是日本的了。

土肥原贤二举杯:"中国有句古话,亡羊补牢,未为晚也,现在我们努力干,明治天皇既定的大陆政策是一定会在我们手里实现的。"

土肥原贤二主动与几个人碰杯,"当"的一声,酒花四溅。

白天的游行结束了,夜晚又举行提灯游行,大街小巷流淌着纸灯的长河。

张学良高兴,回到大帅府已经快半夜了,仍然拉着赵四小姐在小餐厅举行小型宴会,招待的是阎宝航和史籍父女,在座的还有黎明——一个戴近视镜的青年,是日本东京帝国大学留学生。

史籍把黎明介绍给张学良,说是他的学生,叫黎明,在日本留学,很有思想。

张学良友善地冲黎明点头:"那我们师出同门,我痴长几岁,可愧为你的学长啦。"大家都笑起来,拘谨的气氛一扫而光。

菜肴上桌,张学良举杯说:"我们为什么干杯?"

史籍说:"除了为中华一统,东北易帜,岂有他哉?"

大家都附和,互相碰杯。

张学良又提议,为阎宝航先生荣膺"当代林则徐"的雅号而干杯。

阎宝航说:"这可不敢当,我们的后台还不是少帅呀!"

史践凡拍手:"这对!不过阎叔叔确有泰山崩于前而色不变的胆魄,是日本人的克星。"

黎明说:"日本浪人给阎先生送来子弹、匕首,都没有吓倒他。"

阎宝航直摇头,连说这算什么,小菜一碟。

这时大厨宫来福端着方盘上来,自从大帅出了殡,他当替身再也没机会了,又只好重操旧业去后厨掂大马勺。此时他倒着京戏步,像带着及及风一样上场,一路吆喝着来上菜:"油着,慢回身!葱烧海参、扒熊掌来喽!"

张学良瞪他一眼:"你这后厨怎么客串到前头来了?没规矩,都是家父惯的。"

宫来福咧嘴笑:"这是大帅在时立的规矩,非我亲自端上来不可,他尝一口,好吃不好吃,都是那句,妈拉巴子的,去吧!我才敢走。"

众人笑着,史践凡说他真像大帅,越看越像!

张学良首先给史籍布菜:"老师尝尝宫大厨的拿手好菜,家父在日,隔三差五就说,妈拉巴子的,馋了,叫宫厨子给我弄盘烧海参!"

说这话时,眼圈不禁一红。宫来福竟掉下泪来。张学良倒了半盅酒给宫来福,宫来福一仰脖喝干,借酒盖脸,对张学良说:"这换旗呢,到底是吉是凶啊?姓蒋的说话能算数吗?可别拉屎往回坐呀,少帅可得多长个心眼。"

大家都乐了,史籍说他这话"话糙理不糙",对蒋介石还真得留一手,不能不信,也不可全信。

这话正击中了张学良的要害,他心里正为此事没底呢,他宴请史籍和阎宝航,醉翁之意不在酒,是想请他们分析一下易帜后的得与失。

宫来福下去后,史籍借题发挥,国仇家恨,没齿难忘。他告诫张学良,对日本人不该抱有幻想。

张学良明白,弱肉强食,自古而然,老师不也教导他韬光养晦吗?

史籍不能苟同,韬光养晦并不等于丧权辱国。

史践凡制止爸爸说下去,说什么呀!谁丧权辱国了?

张学良说:"小凡不必怕我难为情,一日为师,终生为父,老师生气再打我一顿板子也应该呀!"

史践凡说:"你方才可用了个'再'字,我爸打过你板子?"

史籍笑。张学良说:"打是打过,不过板子举得高,落得轻,板下还是留情了的。"

众人皆笑。

史籍仍按他的思路讲下去,易帜、拥蒋固然对,不过要小心上他的当,蒋、阎、冯大战,一直势均力敌,成胶着状态,东北军一入关,天平马上向蒋介石倾斜,奉军的几十万大军举足轻重,帮他稳固了江山。

张学良也权衡过利害,及早结束军阀混战,利国利民,也是好事。他见大家都停了筷子,忙叫大家吃菜,光议论时事不能充饥呀。

张学良给史践凡夹了一块熘三样,他还记着呢,熘三样是她最爱吃的。

史践凡又夹了一块肉放到黎明的盘子里。张学良发现了,忙说小凡比他有眼力。

张学良问史践凡:"下学期,念早稻田大学二年级了吧?"

史践凡偷觑父亲一眼。史籍明言,他不主张女儿念下去,日本人亡我之心昭然若揭,去那里学当汉奸吗?

史践凡瞪了爸爸一眼。

阎宝航认为他这话未免太绝对了。就是日本人,也不是人人都想亡我中华的呀。

史践凡又求援地去望张学良。

张学良说:"践凡留学的费用我出。"

史籍赶忙声明,不是钱的问题。

张学良唯恐史籍固执起来坏事,就说他出钱,是有他的托付,暗示史践凡肩负着他的使命呢。

此言一出,史籍与阎宝航交换了一个眼色,不再多言了。

东三省易帜一星期后,蒋介石到了北平,下榻在西郊清静的碧云寺。张学良则专程赶往北京与他会面。

会见是在一间宽敞的挂满经幡的禅堂里,在青烟缭绕、钟鼓馨铃齐鸣的氛围中,别有一种味道。

一身戎装的蒋介石端坐于红木圈椅上,张学良被侍从带进来,张学良向蒋介石敬礼:"蒋总司令,学生张学良参见。"

蒋介石满面笑容地离座,双手拉住张学良的手,寒暄道:"汉卿,相见恨晚哪!吾弟今日易帜之举,利在中华,泽被后人哪!"

张学良坐下:"百姓渴望天下太平,有个大一统的太平盛世。这次东北易帜,贡献谈不上,不过是顺天意、得民心之举,就像水流千转归大海一般,总归了却学良一桩心事了。"

这话让蒋介石很受用,他笑眯眯地望着张学良,问他有什么要求,叫他尽管提。说实在的,张作霖在世时,他还真不敢想东北易帜的事,任凭东三省裂土分邦,总是一块心病,张学良比他老子有心胸,能顾全大局,就冲这个,蒋介石也要破格厚待张学良。

张学良并没主动提什么要求,蒋介石专程北上来会他,他料想蒋先生不会食言的。更何况,如果蒋介石要言而无信,你争也无益,张学良早想明白了,即使得不到许诺的那些地盘,雄踞东三省还是没问题的,对山海关以外,蒋介石至少现在还鞭长莫及。

大丈夫一言既出,驷马难追嘛!蒋介石显得相当大度,他慨然允诺,一切都兑现,东三省自不必说,北平、天津、青岛、河北也划归张学良治下管辖。

张学良没想到蒋介石如此仗义，不禁面露喜色，一连说了几个"谢"字，又特别强调感谢蒋先生栽培。

蒋介石察言观色，觉得张学良毕竟比他老子嫩，喜怒溢于言表。他叫张学良不必客气，更进一步表白，今后要与他兄弟相处呢。蒋介石接着语出惊人，决定任命张学良为陆海空军副总司令，与自己同掌兵权。

这太意外了。无论是他还是东北军的元老们，像杨宇霆、张作相、汤玉麟、张景惠，行前都不抱乐观态度，猜测蒋介石十有八九会食言，怎敢期待非分之想？

受宠若惊的张学良有几分惶惑地起身，说话也有几分结巴了："这、这，弟才疏智浅，又年轻，恐难服众。"

蒋介石示意他坐："你统帅东北军四十多万精锐之师，逐鹿中原，上将军也，当个副总司令，天下人谁能不服？"

这么说倒也是。张学良心里想，自己把最肥的一块肉拱手送给了他，他赏个副总司令出来，也不算过格，何况谁知道是不是一个空招牌？蒋介石会真的把兵符交到他手中吗？这么一想，心里又坦然了，于是拜谢道："恭敬不如从命，那愚弟就愧领了，一定不辜负总司令的器重。弟誓尽忠诚，以拥护中央，虽牺牲性命，也必完成此志！"

话锋一转，蒋介石又提到，日本人在东三省咄咄逼人，听语气，对东三省他还是很担心的，心里不托底。

张学良表白心迹说，他不会屈服于他们的，请总司令放心。就是出于家仇国恨，他也不能认贼作父啊！

蒋介石赞许地说："这就对了。抛开汉卿爱国之心不谈，杀父之仇刻骨铭心，为人子岂能忘记？"

张学良不明白，那他还担心什么？

蒋介石分析，日本人对东三省垂涎已久，那种渴望，到了露骨的地步，对日本人任何时候都不可不防。但对日本人的挑衅、局部冲突，不可激成事变，一旦有摩擦，还有"国联"会主持公道。据蒋介石获取的情报，皇姑屯事件，日本人本来想当做借口要出兵的。

张学良说日本人没敢。一来东北军撤兵迅速，关东军不成比例。二是国际因素也有相当大的制衡作用，因为美国表示，如日方动武，则美国不能坐视。日本人不能不有所顾忌。

这样的分析，正中蒋介石下怀，等于为他的观点做了注脚。由此可见国际力量确有牵制作用，日本人轻易不敢冒天下之大不韪。何况还有日本人自己签署过的《九国公约》和《非战公约》在嘛，这也是他头上的紧箍咒。

张学良进一步请教蒋介石，依他的意思，面对日本人的攻势就只能退让，逆来顺受？

蒋介石纠正他，不是逆来顺受，叫忍辱负重更确切。天下人自有公议。蒋介石忧心的是，中国多年战乱，迄今未靖，家里还一团乱麻，哪有力量与列强开战，忍为高和为贵，对待国际社会也适用啊。等把内乱平定了，那时也好一致对外了。

张学良点头："学生明白。"

九

对于日本来说，1929年是个灾难之年。这一年全球爆发的经济危机也毫不留情地席卷了它全国，把原本脆弱的经济拖入泥潭，国内外矛盾加剧。为转嫁矛盾、转移视线，军国主义分子北一辉、大川周明的法西斯理论风行一时，右翼组织樱会、黑龙会、一夕会相继出现。转年，这些狂热的少壮派法西斯军人，把日本航船一步步推向对外扩张的歧途，而他们首选的吞噬目标就是富庶的满洲。

东京的二叶亭餐馆，是很有名气的，这里的函轩石锅拌饭和肉松寿司、什锦天妇罗最有名。但它真正的声名鹊起，还与日本少壮派军人常在此聚集，并试图引领国家的野心有关。

这一天，又是一次空前大聚餐，上百名年轻的日本中下级军官来参加饮酒聚餐会。长桌上摆上了这家餐馆的所有主打菜。战后的甲级战犯几乎全在其中：永田铁山、冈村宁次、河本大作、土肥原贤二、坂垣征四郎、东条英机、石原莞尔、桥本欣五郎等。

一夕会是在二叶会、无名会、樱会的基础上，挑选骨干成立的，建会伊始，坂垣征四郎就明确宣称，要干惊天动地之举，大和族是大地上最初立国的，统治万国国民是日本的天命！

今天，坂垣征四郎第一个跳上台，他是这群青年军官的首领，他每次的讲演都具有蛊惑人心的作用。他讲道："外面有传言，说我们的一夕会是寻求一夕快乐的俱乐部，这很好啊！省得有人找麻烦。但我们就是要一夕成功！"

军官们一阵狂叫：一夕成功。

号称军史理论专家的石原莞尔与坂垣征四郎是陆军大学同届校友，二人从尉官到大佐，晋升的台阶也相同，这对搭档被并称为军事才俊。石原莞尔今天只穿了白衬衣，他吞下一块太阳花寿司，从座位上站起来，称今天不讲《战争史论》，想说说当务之急。在他看来，日本的第一步是当亚洲的战士，把白种人从亚洲赶出去。必须效法纳粹，一国、一党和军备主义第一。

河本大作现在虽属于预备役，却也不甘寂寞，他口里嚼着鱿鱼圈，指责当政者软弱，去年在皇姑屯炸死张作霖时，就该借机大干一场了，他声称，自己转入预备役无所谓，问题是同仁们不能消沉、不能裹足不前。需要的时候，他还可以为国家效力。

他们当中，土肥原贤二算是老资格了，威望也高。他慢条斯理地蘸着绿芥末吃着三文鱼刺身，河本大作话音一落，土肥原贤二发言，他强调了重点，第一步，应把满洲从中国手里夺过来，然后是华北、全中国,最终目标当然是全世界。

又是一阵欢呼。

东条英机喝了几口浓汁味增汤,短髭上都沾了白汤。他的讲话就充满杀机了,为达此目的,青年军官肩负天皇赋予的神圣使命,必须刷新陆军人事,干掉软弱者,把荒木贞夫、南次郎、本庄繁这样的将军推上来!

他推崇的几个人,是代表激进派的。

桥本欣五郎更狠,他是樱会的发起人,实力雄厚。他和冈村宁次被称为"两把军刀"。他的发言火药味十足,明确宣言,有人妨碍我们,哪怕是内阁,也让他倒台,他竟喊出了不惜发动政变的口号。

一直低头吃盐烤多春鱼的石原莞尔不得不擦擦手站起来,他提醒大家,按照明治天皇禁敕,陆海军刑法中明文规定,凡军人结党,使用蹶起武力者,首魁处死,余皆五年以上监禁。按这条禁规,他们私下结社立会,又口出狂言,本来就面临杀头坐牢的危险。

石原莞尔并非胆怯,而是用了激将法:"我现在想问,我们的一夕会,谁是首魁?谁甘当这个掉脑袋的角色?"

众人愣了一霎,忽然火山爆发般,吼声震屋瓦,大家争相举手,高呼"我"、"我是党魁"。由于激动,带翻了餐巾,杯盘落地,一片叮当乱响。

坂垣征四郎欣慰地看了石原莞尔一眼,石原莞尔要的正是这个效果。他双手向下压压,说:"诸位不愧为天皇贵胄,我放心!干杯!"

众人懒得倒酒,纷纷举起"美少年大吟酿"清酒瓶子,在一阵叮当碰击后,咕嘟嘟地一阵狂饮。

冈村宁次请老板娘来一瓶当年因相扑比赛而名满日本列岛的"大关"清酒,倒在一个青花瓷大碗里。

坂垣征四郎宣布一夕会喝盟誓酒,怯懦者现在滚蛋还来得及。

河本大作打开了房门,烟雾一团团涌出。众人都向门口张望,却没有一个人走出去。

坂垣征四郎叫了声"有种",拔出军刀,率先割破手指,让血滴在碗中"大关"酒里,铮然有声。他随后把酒碗传到每个人面前,人人割手滴血,顷刻间,那一大碗酒成了猩红的血浆。

坂垣征四郎双手捧碗,喊了声:为了天皇!

他喝了第一大口后,众军官又依次接碗,喝下去,人人都高呼为了天皇。

樱会现在是一夕会的分支,成立得更早些,其魁首叫大川周明,属于民间法西斯分子。

次日,桥本欣五郎约大川周明来私宅密谋。大川周明一进来,桥本欣五郎就关紧房门,拉上窗帘。

桥本欣五郎问他弄好了没有,大川周明点头坐下。桥本欣五郎比坂垣征四郎、石原莞尔更激进,他认为只有实施政变,让少壮派军人当日本航船的舵手,日本才有希望,他没耐心等待。他认为,经济危机造成日本动荡,这是千载难逢的机遇,前几天他就与大川周明商定了政变计划和实施细则,大川周明已经草拟出来,请他过目。

桥本欣五郎接过文件匆匆看过，觉得可行，但不够细致，如对政变赶下台的大臣是杀是关还是放逐，要明确。去年 11 月，浜口雄幸首相被刺，虽然没死，却重重地打击了软弱内阁。它早该知趣下台了，却还赖着不走！这次就没那么客气了。

政变的日期选在 3 月 20 号，这无论如何有些匆忙。

大川周明坚持己见，认为时间够充裕了。

桥本欣五郎曾向坂垣征四郎透露过通过政变改变日本命运的设想。坂垣征四郎似乎不太热衷此道，他认为无需这样兴师动众、闹得满城风雨，也能达到目的。这一来，桥本欣五郎只能抛开坂垣征四郎、石原莞尔，率樱会骨干单独干。

桥本欣五郎有足够的信心，这次政变预谋，他透露给陆军次官杉山元、军务局长小矶国昭、参谋次长二宫治重，他们都不反对，且表示会助一臂之力，尤其是有了陆军大臣宇垣一成为后台，参谋本部情报部长建川美次直接授意，万无一失，志在必得。

桥本欣五郎唯恐有疏漏，大川周明叫他放心，他已安排了二百左右浪人，3 月 20 日先在东京银座、新宿街头制造混乱，然后以保护议会为名，出动军队，迫使内阁总辞职。制造骚乱，大川周明管。而调兵逼内阁总辞职，这只有桥本欣五郎干得了啦。

桥本欣五郎也有准备。他的樱会就有一百五十名军官，现成的敢死队，冲击内阁足够了。他设想，一旦政变成功，马上建立以宇垣一成为首相的新政府，他已得到了宇垣陆相的默认。这一来，日本这驾马车就会听军人摆布了。

大川周明不知道一夕会那边怎么样？能不能和樱会联手？

桥本欣五郎不想指望他们，何况今天坂垣征四郎和石原莞尔回满洲去了，东京这边是冈村宁次、永田铁山负责，桥本欣五郎向冈村宁次透露过一点风声，要他策应，他好像并不热衷，这很出乎意料。估计是坂垣征四郎临走时有什么交代。

大川周明也很惊讶，这很意外呀，一夕会的人比谁都激进哪！大家不是都喝过盟誓血酒了吗？

桥本欣五郎信心十足，没关系，一夕会不跟樱会走，就单枪匹马干！

†

暑期开学后,史践凡和黎明乘"四国丸号"轮船从大连港起航,回到东京。上了一星期课,他们相约在二道桥皇宫前松林里见面。之后,又一起来逛银座。

史践凡穿一身早稻田大学的男生制服,飘逸洒脱。她与穿着东京帝国大学制服的黎明走在银座摩天大厦间显得拥挤狭窄的街道上。

史践凡问黎明:"你看我穿男生制服好看不?"

黎明故意地:"好看倒是好看,怕不是给我看的吧?"

史践凡撅嘴道:"你这叫什么话?我穿给谁看的?"

黎明说:"你别生气。女为悦己者容嘛,自古而然。你打扮成潇洒小生,难道为了吸引女人吗?"

史践凡咯咯地乐起来:"你看我像不像英俊小生?"她注意到,路边行走的日本姑娘都在看她呢。

黎明没理睬她。史践凡挎上他的胳膊,撒娇地,干嘛总挑我刺呀,明个不再穿男装了还不行吗?

黎明甩开她手,叫她快松开,两个男的在大街上手拉手成什么样子!会被人讥笑为同性恋的。

史践凡更乐个不住了。

黎明说他知道史践凡最近为什么爱穿男生制服。

史践凡调皮地说:"特立独行啊!"

在黎明看来,真正特立独行的只有川岛芳子,他感觉到史践凡是着了川岛芳子的谜了,处处在模仿她。

史践凡并不否认。在她看来,川岛芳子真是个谜一样的人物,她身上荟萃了男人和女人所有的精华,你只要接近她,就无法抗拒她的魅力。

黎明点着她鼻子说:"说漏了吧?我就知道,你是跟在川岛芳子屁股后头东施效颦。我得给你提个醒,离她远点,染于黄者黄、染于苍者苍啊。"

史践凡咕嘟起小嘴:"这话说的!是我愿意结交川岛芳子的吗?"

这话只有他们两个人懂。让史践凡千方百计接近川岛芳子,跟她交朋友,是少帅给她的任务,这是获取日本方面情报的最佳途径。她是有使命在身的,当然要投其所好了。

虽然是这样,黎明也怕她真的成了川岛芳子的精神俘虏,她是个什么人？数典忘祖、背叛国家、认贼作父的女间谍，她有什么值得崇拜的？

史践凡故意说："好一串恶评！既然怕我跟她学坏了，从今天起我与川岛芳子割席断交，你可别后悔呀！"

黎明点着史践凡鼻子说："你要挟我？"

史践凡乐了："下不了狠心吧？她是个女人，你还怕她抢走我吗？"

黎明还是不放心，叮嘱她，除了非接触不可，不要卿卿我我地走动得太频繁。

史践凡烦了："行了，成了碎嘴婆婆了！东西拿来了吗？"

黎明从制服内袋里摸出一个火柴盒大小的微型照相机，交给史践凡，怕她不会用，要教她怎么操作。

史践凡接过来，揣进口袋，你真小看人。嘿，还是德国蔡司呢！她爸爸就有一架，是在德国留学时买的，专门拍资料用的。

黎明并没有几成把握，叫他盯准川岛芳子，他担心，会不会竹篮打水一场空啊？

史践凡倒挺有把握，应该不会。阎叔叔说川岛芳子是土肥原、甘粕正彦的红人，经常来往于东京、奉天之间，携带秘密文件。她比日本人还日本人，她找了个日本好干爹呀，川岛浪速是老牌间谍。

黎明说："那你抓点紧。哎，我肚子都饿了，我请你吃烧烤怎么样？"

史践凡响应："好啊，大岛町八丁目有一家'田舍郎'，烤的松茸蘑太好吃了!"

"田舍郎"可是个平民百姓吃不起的高级餐馆,黎明说:"你倒会选地方,你也不问问我钱包里有多少钱!"

史践凡忘情地挎起黎明的胳膊:"小气鬼! 我做东,请你还不行吗?"

其实,黎明每次路过大岛町八丁目,心情都非常沉重,他提醒史践凡,别忘了1923年发生在八丁目的血案。日本右翼军国主义分子利用关东大地震的混乱,制造屠杀华侨的惨案,9月3日这天,几百个日本浪人涌入居住在八丁目七家客栈的华侨,高喊着"地震了,快跟我们逃生",把他们骗出来,让华人趴在地上,然后开始残忍的大屠杀,一次杀害一百七十六名华人,又在尸体上浇上汽油焚尸灭迹。

史践凡从父亲整理的资料里了解到,日本右翼势力,借关东大地震的混乱,在东京、横滨等地屠杀华人达758人,这是震惊世界的"东瀛惨案",只不过由于国家贫弱,没人肯替海外儿女的冤魂伸张正义罢了。

这样血腥的地方,作为一个中国人,你会有胃口吗?

他俩很快离开了大岛町。

几天后,史践凡来到新宿泛亚会馆见川岛芳子。史践凡今天又穿了一身黑色男学生制服,连学生六角帽也戴上了,烤瓷的"早稻田"字样的白色帽徽闪闪发光。

史践凡的光彩一下子吸引了川岛芳子的目光。相反,酷爱男装的川岛芳子今天在家里,却是一身和服,女人装束,浓妆艳抹。

川岛芳子打量着史践凡,笑吟吟道:"我今天知道美女光顾,特地换了女装。嘿,你倒好,你反倒成了男孩子装束。"

史践凡上下打量着川岛芳子:"唉呀,你真漂亮!芳子姐,你平时干嘛非要女扮男装呢?你恢复女儿装多俏丽呀,倾国倾城。"

史践凡接过川岛芳子递来的茶,川岛芳子说她其实早就跟女人的本性划清界限了。

史践凡讶然,不明白这是什么意思。

川岛芳子觉得做女人没意思,就是当到皇后,也终究是男人掌上玩物。无论哪个国家,都总是把金钱、美女并列,被男人视为物件拥有,不可悲吗?

这番宣言,倒充满女权主义的反抗精神。

是不是女权主义,川岛芳子从没考虑过,确切地说,她是自我主义,她讨厌男人,讨厌一切男人,甚至也讨厌向男人邀宠的女人。她欣赏的只有她自己。

史践凡乐了,既然她这么厌恶男人,那她怎么还着男装,乐意混迹于男人之间呢?

川岛芳子的想法很简单,是想压倒他们!

史践凡吃着川岛芳子削好递过来的苹果,有意恭维她说:"你原是肃亲王府的格格,本来就有高贵的血统,就是人上人啊。不过,你这一折腾,令须眉男子顿失尊严,难怪报纸上称你为'东方魔女'呢,我太崇拜你了。"

川岛芳子很受用,有点飘飘然:"你崇拜我?那你崇拜对了,你不会后悔的。不但在中国,就是在日本,我川岛芳子也是一阵旋风,现在东京就兴起女扮男装热。"

史践凡听说了,这旋风的中心就是川岛芳子。

川岛芳子问史践凡,就是因为崇拜她,才托柴山先生来结交她的吗?川岛芳子所以毫无警觉地与她交往,也因为柴山谦四郎,他可是张学良的顾问啊。川岛芳子期望左右逢源,从两边获取情报。

史践凡承认:"是呀,我就想以你为榜样,活出个样来!"

川岛芳子色迷迷的眼光在她脸上盘旋,叫史践凡感到不怎么自在。川岛芳子叫她跟着自己干,一定名扬天下。

史践凡说:"你不骗我?我可是认真的。"

川岛芳子说:"我早就喜欢上你了,小丫头。岂能骗你?"

说罢,川岛芳子放下茶杯走过去,把史践凡拥在怀里,俯下身就去亲吻她。史践凡一怔,随即吓坏了,心突突直跳,她想挣脱:"你、你干什么?"

川岛芳子说:"我既然是男性化了,我喜欢的当然是女人!"一边说一边狂吻,一只手不客气地从史践凡衣襟里伸进去乱摸。

这一瞬间,史践凡想起了黎明的警告,她第一次听说过同性恋,男人和男人、女人和女人,这成何体统!只能是变态!没想到,这种变态正向她袭来!她又惶恐又羞愧,史践凡用了很大气力推开川岛芳子,气恼地站起来要走:"你怎么可以这样?你叫我怎么做人?"

川岛芳子纵声大笑:"你真是个雏儿,什么世面都没见过。你别犯傻,能让我看上的女人还不多呢!我不勉强,如你不愿与我交往,你现在就走,永远别再见我。"

史践凡已走到门口要去推门了,又犹豫了,离开她容易,可窃取情报的使命谁来完成?若不是张学良通过柴山先生,她怎么能与川岛芳子搭上钩?这一走,那不是前功尽弃了吗?转念一想,同是女人在一起,总不会比被随便什么男人夺去贞操丢人吧?何况她又不能把自己怎么样。矛盾为难了好一会儿,史践凡又转身回来,喃喃地说:"我也没说与你绝交啊。"

川岛芳子这才回嗔作喜:"这就对了,我俩相好,姐妹情,多纯洁呀!"

十一

冈村宁次和永田铁山二人刺马针踏地响亮,来到陆相宇垣一成官邸,侍卫为他们打开厚重的橡木门。宇垣一成的办公室很大,像篮球场。他是个干瘦的人,脸色黑黄,如果脱掉那身呢子军服,走在大街上不会有任何人多看他一眼,就是这个不起眼的帝国军人,手里操纵着日本的命运。

冈村宁次敬礼:"陆军省补任课长冈村宁次进见宇垣陆相。"

永田铁山鞋跟一碰立正:"陆军省军事课长永田铁山进见将军。"

宇垣一成打量二人一眼,也不让坐,冷冷地问:"有事吗?"

那声音像是从干尸里发出来的。

冈村宁次说他是来报告机密的。他们得到桥本欣五郎、大川周明正在策动政变的消息,日期都定了,是3月20日。他们觉得能制止这次蠢动的只有宇垣一成了。还给他戴了一顶高帽,称宇垣一成是少壮派军官仰视的人物。

宇垣一成语调平淡:"唔?我怎么没有耳闻?"

冈村宁次其实并不反对出兵东北,只是不同意桥本欣五郎通过政变推进。他不得不据理力争,认为桥本欣五郎这么干是本末倒置,要政变,不就是因为现内阁畏首畏尾,不敢果断解决满蒙问题吗?军方有行动自由嘛,理应先出兵占领满洲,回过头来再刷新国内政治,先干了再说,顺乎自然,没有风险,何必打草惊蛇,先乱了后院呢。

永田铁山补充,他刚从满洲归来,与关东军高级参谋坂垣征四郎、主任作战参谋石原莞尔已达成妥协和谅解,可以先在满洲动武,何必在自家后院冒风险呢?

见宇垣一成对他二人的言论很冷漠,冈村宁次大概意识到宇垣一成急于当首相,就说:"况且,不搞政变,阁下也是下一届首相当然人选,我们都拥戴你。如果闹了政变上台,反在历史上留下污迹,请阁下三思!"

他还给宇垣一成吃定心丸,这次在满洲,他与坂垣征四郎、石原莞尔达成了一致,都拥护并保证以实际行动推动宇垣一成组建下届内阁。

这句话起了作用。宇垣一成原来担心一夕会的骨干们不太可能拥戴他当首相,只有靠桥本欣五郎、大川周明这些铁杆朋友。现在话说开了,既然坂垣征四郎他们也赞成他当首相,那当然无需冒风险发动政变了,靠政变上台总是不光彩的。

宇垣一成脸色逐渐平和了,还叫人给他们斟了茶。他表示,当不当首相,从来就没想过,大家忧虑的都一样,是帝国的命运,是如何使满洲归入日本版图的大业,殊途同归。他表示感谢二位,并全力支持关东军。

最后宇垣一成表态说:"我还知道坂垣征四郎他们有个口号,让关东军牵着军部的鼻子走,那好吧,我们军部再牵着内阁的鼻子走,这不就天下合心了吗?"

总算大功告成,冈村宁次和永田铁山都会意地笑了。

几天以后,在大连大和旅馆,坂垣征四郎与石原莞尔一起接待甘粕正彦。甘粕正彦衔命回国,昨日才回来,他带来了东京最新消息。

甘粕正彦绘声绘色地讲述了一场未遂政变流产的过程,很形象地说,桥本欣五郎他们想在3月20号发动政变,但走漏了风声。被那"三只乌鸦"搅了局。

坂垣征四郎和石原莞尔都笑了,永田铁山、冈村宁次和小畑敏四郎,他们号称"陆军三杰"呀,怎么一下子变成"三只乌鸦"了?

石原莞尔倒是称赞这三只乌鸦有见地,宇垣一成能接受,也是一大幸事。据甘粕正彦说,不妙的是,风声还是走漏了,引起朝野一片哗然,内阁当然更不依不饶了。

石原莞尔不禁担心起来,既然政变流产,按照陆军刑法典章,预谋发动政变者将被处以重刑,桥本君、大川君凶多吉少。

坂垣征四郎立即拍胸脯,可叫他们马上到关东军来避风。

甘粕正彦叫他们放心,桥本欣五郎他们没事。大家心照不宣,陆军中央部和参谋本部都像从来没发生过这件事一样,说是谣言,内阁那帮文官们哪里有确凿证据?也只好装聋作哑。

坂垣征四郎放心了,这是福音。他不相信内阁会这么窝囊。

据甘粕正彦介绍,事变未遂,政府大员却吓了一跳,因为有宇垣陆相参与,不便处分,但他也替宇垣陆相惋惜,他既染指政变,身背骂名,恐怕要与首相大位失之交臂了。最有趣的是,解决的办法,是把一批中坚分子调往关东军。

坂垣征四郎大笑:"哈哈,这是鱼归大海呀,正中下怀,不妨顺势来个国外先行。既然大家都把眼光盯在满洲,就好办了。满洲太诱人了,日本本土才三十七万平方公里吧?"

甘粕正彦马上印证,满洲是日本领土的三倍。

坂垣征四郎又提起了明治天皇"大陆政策"的五个步骤,在座的三个人都能倒背如流。第一期征服台湾,第二期朝鲜,已经办到了。第三期满蒙,第四期指向中国内地,第五期当然是征服全世界。

坂垣征四郎的气概全然是以天下为己任的,从第三期开始,这重担就落到了我们肩上。现在正是征服满洲的良机,张学良将精锐部队都调往关内,东北防务空虚,关东军举手之劳,就可使满蒙天地归于日本囊中。

石原莞尔建议,应当组织几次参谋旅行,把东北军的布防、山川地理都摸清楚,绘制成图。他愿发挥所长,给大家讲讲军事,这叫什么？未雨绸缪吧？

甘粕正彦听过石原君讲军事课，很有征服力。坂垣征四郎更了解他，石原在陆大没毕业就出过军事著作，他俩同是陆军大学第三十期毕业生，石原莞堪称陆军少有的理论家，他崇拜拿破仑，还有个外号叫"七号"。

石原莞尔笑起来，"七号"可不是什么雅号，那是精神病的别称。

坂垣征四郎告诉甘粕正彦，他的毕业成绩本来是第一名，不幸被排挤到第二。

甘粕正彦诧异，陆大怎么会出这么不公平的事？

咎由自取，坂垣征四郎嘲笑石原莞尔，都是他过于狂妄自大，与老师关系不睦，就被剥夺了第一的资格。

毕业典礼那天，跟石原莞尔过不去的教官告假去北海道钓鱼。

甘粕正彦猜到，他是怕石原莞揍他。

石原莞尔倒没想揍他，他上街买了二斤马鬃，织了个女人头套，给他放在办公桌上了。

甘粕正彦大笑，这等于说他不是男人，比挨顿揍还要羞耻。

坂垣征四郎认为，像石原君这样有军事著作的军官，不多见。一夕会的陆军精英们，包括冈村宁次、永田铁山，都听过石原君讲授《战争论》。

甘粕正彦也读过石原的《现在和将来的日本国防》，还有《战争史概观》，他最欣赏石原那句话：日本以全世界为敌也不足惧！哈，真是气冲霄汉！

石原莞尔常常感叹，满洲太富有了，叫人睡不着觉。大和民族的祖宗无能，清军入关前，满洲本是荒无人烟之地，派一旅之师，即可占领，幅员可直达黑龙江口。可一直到日俄战争，乃木希典大将才大显身手，开始角逐东北，这已经迟了，只能得到一小杯羹。

甘粕正彦也有同感，日本列岛资源匮乏，煤、铁、木材全靠满洲进口。东北地上长森林，地下有石油、煤炭和铁矿，沃土良田盛产粮食，占了东北，不但拥有了财富，还可以提供大日本国建立世界新秩序的一切后援。

所以，这些"清醒"的日本少壮派军人们才认定，满洲对帝国的国防和国民经济有很深的特殊关系，甘粕正彦说得对，解决满洲是以实现日本帝国使命的远大理想为依托的，可追溯到明治天皇的圣意，也在于此。早在日俄战争时，日本就有向满洲移民四百万的计划，可惜实行得不力。他们想要推动的策略是坚定不移的，军方推着内阁走的最大推手是关东军。甘粕正彦干脆说，真正担当日本火车头的是坂垣征四郎和石原莞尔两个悍将。

甘粕正彦还做了补充，陆军中流传这样一句话，将来征服满洲，靠的是石原莞尔的理论、思想，坂垣征四郎的谋略、战术。

坂垣征四郎哈哈一笑，拍着甘粕正彦的肩膀说："还要加上甘粕正彦的谍报、信息。"

石原莞尔说："那我们是'三剑客'！叫桥本欣五郎他们当'三只乌鸦'去好了！"

几个人抚掌大笑。

十二

按坂垣征四郎的计划，想在1931年春季发动满洲事变，缺的只是导火索。恰巧6月份出了长春县"万宝山事件"，这事儿的起源是一个在长春头道沟私立长农稻田公司叫郝永德的人，依靠日本领事支持在万宝山盗买土地，并将五百垧地转租给朝侨李升熏等人，朝侨集合了一百七八十人挖渠引水准备种水田，毁田占地达四十多垧，他们又拦伊通河筑坝，不但阻断航运，一旦洪水下泄，两岸几千垧农田将被淹没。当地农民劝阻朝侨挖沟，而日本驻长春领事田代居然派日警掩护朝侨施工，中国地方当局反复照会日方，八百多朝侨仍在挖沟筑坝，于是当地农民出于维护正当权益，填沟平壕，结果遭到日警五十多人的镇压。事件发生后，驻长春日本领事田代召集日本警、宪会议，要继续用兵。坂垣征四郎认为这是好机会，利用万宝山事件煽动平壤、仁川朝鲜人暴动排华，残害了很多无辜华侨，仅平壤惨死华侨就达126人。日方反而向中方提出赔偿朝鲜人损失、生活费、任其居住等条件，为此，南京政府照会日本，日方却诬指中国残杀日本人，关东军别有用心地利用所谓"万宝山事件"，企图制造武装出兵的借口，随后的"中村事件"，更使针对东北的侵略攻势甚嚣尘上。

东北兴安屯垦区是隐蔽在大森林里的军事禁区，因为靠近边境，戒备更严，日本人从没光顾过。根据石原莞尔的建议和安排，陆军本部、关东军先后派出了二十多个参谋旅行团，遍布东三省各地，同时，参谋本部也多次派员潜入东北，譬如1931年5月，在派出日本少壮军人长勇对呼伦贝尔与外蒙交界处侦察后，又派遣日本参谋本部森纠大尉前往齐齐哈尔调查。勘察地形、绘制军用地图、侦察东北军防务，成了他们的主要内容，这当然是为占领全东北做铺垫的。

相对来说，驻扎在扎赉特旗王府南鄂公庙的兴安屯垦第三团辖区更为偏远，也被划为军事禁区，日本谍报人员的触角过去还没伸到过这里。

6月25日，三团营房前官兵正在上操，有四个人拉着马匹从营房前面不远处经过，因穿民装，以为是本地猎户，大家并没太注意。

营房前有一片灌木丛，班长于亮正蹲在那里拉屎。透过树隙，于亮忽然发现那四个人形迹可疑，他们竟停下来，伏在马鞍上对着营房在画着什么。

于亮提上裤子，躬腰跑回营地操场，向团副董平舆报告了，他怀疑那几个人是探子。

董平舆一听，命令连长王秉义、车玉堂带上骑兵包抄过去。

王秉义、车玉堂便点了十多个骑兵，跨马提枪驰过去。这时那四个人已经骑上马出发了。

董平舆追近，大喊站住！

那几个人回头看看，非但不停，反倒策马急驰而去。

董平舆向王秉义示意，王秉义拔出大镜面匣子，冲天就是一梭子，手下士兵纵马从左右两侧兜过去。

那几个人看看已无法脱身，只好勒马站住。

董平舆在四人面前兜了半圈，打量一番，下马，问他们是干什么的？

为首的方脸单眼皮汉子却说了一串日本话。

另一个猪肚子脸的人上前，用中国话说，自己是他们雇用的翻译，这位是日本农学会的作物专家，由洮南出发，在索伦山一带调查土质和作物生长情况。

董平舆觉得可疑，日本农学家吃饱了撑的？中国的庄稼长得好孬关你们屁事！他就以兴安屯垦区不准外国人进入为由，要他们跟自己走一趟，调查清楚了才可放行。

为首的"农学专家"叽哩呱啦地争辩半天，见董平舆已令士兵上来强行牵马，事实上已被控制，只好乖乖地跟他们回营房。

团长关玉衡听到报告，就在团部亲自审问这些形迹可疑的人。

关玉衡问为首者叫什么？

自称"农学家"的人用日语回答后,猪肚子脸翻译说:"他叫中村震太郎,是日本农学家。这位助手叫井山远太郎。我是本地人,昂荣旅馆老板井杉延太郎,他们雇我当翻译。"

车玉堂听得直乐,哈,三个"太郎",应该叫"豺狼"。

王秉义带士兵们打开中村震太郎的帆布行囊和公文包,军用地图、测量仪器、手枪、记录本先后被查出,摆到关玉衡面前的木桌上。

中村震太郎有点恐慌了。关玉衡摆弄着手枪、测绘仪,看了他一眼,说:"好一个考察农业的学者,那你绘制军事地图干什么?"

翻译译过去后,中村震太郎狡辩,说这不是军事地图,是怕迷路预备的向导图。

关玉衡翻看着记录本,用日语说:"幸而我会日语,你这本子上记着土壤、水井、居民也罢了,你记载我边防军驻地经纬度、炮位、营房位置、兵力部署,这也是农学考察项目吗?"

中村震太郎仍在狡辩:"我说过,那是地标,怕迷路。"

关玉衡奚落他:"我边防军官兵数量、武器装备也能帮你认路吗?"

董平舆突然从中村震太郎的背囊夹层里又翻出一本证件,扉页有照片,并盖有骑缝章。他递给关团长。

关玉衡看了冷笑:"别再演戏了,中村震太郎大尉,你是日本参谋本部情报员,你是军事间谍!"

中村震太郎梗起脖子:"是又怎么样?"他要求马上送他去见哈尔滨日本领事。

关玉衡冷笑:"这可由不得你了！押下去！"

中村震太郎四人被绑在马厩柱子上,堵着嘴。

团部,几盏汽灯哧哧地响着,一团团蚊虫扑来。关玉衡召集营、连长连夜开会,满屋烟气。

这几个家伙肯定不是好饼,连长王秉义主张快刀斩乱麻,毙了算了。

团副董平舆持异义,主张先关起来,万一日本人找上来呢？

王秉义不在乎,一口咬定没看见,不就完了吗？

连长车玉堂说,反正不能放虎归山。日本探子把咱这一带的军事布防都看了个底朝天,留了活口不是祸害吗？

董平舆觉得这事不小,主张先向屯垦公署代理督办高仁绂报告,甚至该让少帅知道才对。

关玉衡想了想,怕夜长梦多,日本间谍来者不善,如果层层上报,时间拖长了,难免走漏风声,日本人就会来要人,弄不好又是外交事件,万一上边顶不住,不是打不着狐狸反闹一身骚吗？

董平舆又提议解送奉天,怎么处置,我们都不担责任了。

这叫孩子哭抱给他娘。关玉衡斥道:"你倒滑头！押解半路被日本人夺走怎么办？这是日本罪行的活证人哪！"

车玉堂说:"那还啰嗦什么！"

董平舆用手掌做了个砍的动作:"依团座的意思是……咔……"

关玉衡决然地决定,秘密处死,尸首烧掉,不留半点痕迹。按国际惯例,外国军事间谍是可以处死的。同时上报请示。

董平舆说:"先斩后奏?"

关玉衡更正他:"是边斩边奏。"

车玉堂说:"那还报个屁?万一上边让留活口呢?咱还能起死回生呀?不擎等着吃不了兜着走啊?"

关玉衡说:"听我的,一切由我担着!王连长、车连长,你们负责连夜执行!"

车玉堂和王秉义立正:"是!"

中村震太郎四人被押到一个山坡下,大概中村震太郎他们预感到死期已到,拼命挣扎,因为捂着嘴,口里发出呜呜的声音,却喊不出来。

王秉义照他腿弯猛踹一脚,中村震太郎跪了下去。王秉义说:"东洋小鬼子你听着,你们不总惦记着霸占东三省领土吗?这回给你三尺土坑,够埋你的了。你到阎王爷那去找王道乐土吧!"

说罢举匣子枪对准他后脑勺射击,中村震太郎一头栽到土坡下。

车玉堂也向另外几人开枪。

踢一脚死倒儿,看看都没气了,王秉义摆摆手,士兵提了两桶煤油过来,向死尸身上泼。点上火,一个钟头就烧成一堆白骨了,他们把白骨掘到事先挖的土坑中埋好,这里除了焚尸时燎焦了附近一些榛子树、茶条树外,看不出别的痕迹。

几经周折,密电到了北平,当时张学良正在协和医院住院治病。张学良脸色苍白,身体显得很虚弱。赵四小姐守在床边。一个护士在给他肌肉注射。德国大夫踱进来,用生硬的中国话问他这几天感觉怎么样?

张学良欠起身,回答见好,只是总感觉两脚像踩着棉花团一样,一闭上眼睛就像在云中行走。

德国大夫说,这是伤寒病的典型后遗症,他已经接近康复了。幸亏不是斑疹伤寒,那更厉害,死亡率是很高的。

赵四小姐不安地看了大夫一眼,大夫明白,马上说:"少帅不必担心,你体质好,又治得及时,没什么事,很快能出院。"

张学良从枕头底下拿出一本医书,他翻过这本《传染病学》,说有人愈后智力会减退,他担心自己会变成傻瓜,他问德国大夫,会不会?

德国大夫哈哈一笑:"那是个案,将军有一个超出常人的大脑,上帝会保护它。你好好休息吧,天不早了,晚安。"

张学良向德国大夫道了晚安,大夫出去了。

这时张学良瞥见秘书王家桢在门口探头探脑,手里拿着电报夹子。赵四小姐也看见了,向王家桢使眼色,示意他走开。王家桢显得为难,迟疑着不肯离开。

赵四小姐很生气,只得走到门外去挡驾。

张学良发现,制止了她:"别赶他走,叫他进来,王家桢肯定有紧急军务。"

赵四小姐只得放王家桢进来,低声嘱咐:"快点。什么大事呀,火上房似的。"

屯垦那边毙了间谍，这边北平协和医院病房里，张学良刚看过电报，马上坐直了身子，伸手叫赵四小姐拿纸笔来。

赵四小姐问："什么急事呀？明天办不行吗？"

张学良告诉他，兴安屯垦区那边出了点点事，事情挺急，必须马上回一封电报处置。

赵四小姐只好找来纸笔，王家桢支好病床上的小餐桌，张学良迅速写下了两行字："保留证据，秘密处死。"

赵四小姐斜了一眼，张学良刷刷地签完字，交付王家桢，嘱他马上用密电发出。

王家桢答应着急步走出去。

赵四小姐柔声地问："会不会惹出外交纠纷呢？"

张学良心里有底，处置不果断，反倒自受其乱。

已经天亮了，关玉衡跟着王秉义、车玉堂来到处决日本间谍的山坡，除了一片灌木、草丛被烧焦而外，毫无痕迹。

关玉衡点头赞许，并关照所有知情官兵，必须守口如瓶，如有泄漏者，军法从事！

王秉义和车玉堂同时答："是！"

正转身要走，团副董平舆拿着电报走来。

关玉衡料定少帅从北平来电了。

董平舆看了王秉义、车玉堂一眼，两个连长识趣地走开。

关玉衡看电报，董平舆说："真是英雄所见略同啊，少帅英明。咱和少帅想一块儿去了。"

关玉衡也吁了口长气,他一直不踏实,真担心少帅怕惹事,让他把日本间谍交出去呢,这下好了。

董平舆问他,少帅的电报内容是否传达给营、连、排长?这多振奋人心哪!

关玉衡骂他混球,这不等于把少帅卖了吗?这事未必没有风险。

董平舆却认为有少帅撑着,就是尚方宝剑,服众啊,省得屯垦区和边防司令部说三道四。

关玉衡顺手划根火柴把电报烧了。董平舆想制止已来不及了,他怪关玉衡太傻,不给自己留条后路。

关玉衡说,不管到什么时候,这事他一人扛着,他叫董平舆记住,少帅从没有来过电报。即或日后出事,也由他一个人担着,必须把少帅摘得干干净净,少帅下令和他关玉衡下令,能一样吗?

董平舆服气了,敬重、叹服地看了关玉衡一眼。团座不但比自己高明,而且仗义、顾大局。

十三

东京川岛芳子公寓里,夜色朦胧,昏暗的红色纱灯照射在榻榻米上。赤身裸体的川岛芳子搂着史践凡正在翻滚,折腾。

史践凡显得很被动、不情愿,又厌恶又无奈。

折腾了好久,川岛芳子才算尽兴,得到满足后,钻到浴室,泡到浴缸里洗浴,史践凡匆匆穿好衣服,隔着磨砂玻璃望着她模糊的影子,出了好一会儿神。

过了一阵儿,裹着和式浴袍的川岛芳子从浴室里走出来,扔给史践凡一条毛巾,叫她帮着弄干头发,盘起来。

史践凡呆呆地替她拭着湿漉漉的头发,川岛芳子回头看了她一眼,问她发什么呆?

史践凡嗫嚅地:"两个女人……为什么要这样?"

川岛芳子朗声大笑:"小雏儿,你是真不懂吗?这叫同性恋。时间久了,你会觉得男人龌龊、恶心。"

史践凡双手蒙脸,她可觉得见不得人了。

川岛芳子开导她,在欧美,两个女人还公开组成家庭呢。这很高尚啊,两个男人在一起,那才恶心,男人搞男人,更常见,古时候就有,连皇上也这样呢。

史践凡红了脸,她在史书上见过,叫什么"龙阳之好",也叫"断袖之癖"。她觉得他们是禽兽。

川岛芳子又哈哈笑了,她捧起史践凡的脸亲了几口,说:"宝贝,我会时刻想你的;你呢? 会想我吗?"

史践凡为讨她欢心,假意露出微笑地点头,像是漫不经心地问:"你这么匆忙赶回奉天去,有急事吧?"

川岛芳子责怪她问多了。她们是有"约法三章"的,川岛芳子定下二人交往的规矩,除了情,别的不准涉及。

史践凡帮她收拾行李箱,把男人的西装、长袍马褂和女人的和服一件件装箱,顺便问她,明早出发穿男装还是女装?

都不对,川岛芳子要着日本军装。

史践凡装着装着,故意把皮箱弄翻,衣服都扣在榻榻米上。

川岛芳子嗔怪她魂不守舍!

史践凡一边重新往箱子里装衣物一边说:"舍不得你走嘛!"

趁衣箱倾覆之际,她已经发现了秘密,有一个盖有军部红印的牛皮纸公文袋从皮箱里掉出来,她趁川岛芳子不注意,用一条纱巾盖住,没再装入箱子。

当她盖好皮箱后,向川岛芳子那边移了移,表示妥帖了。

川岛芳子走过来,不放心地重新打开箱子,伸手去摸箱袋,马上惊问,牛皮纸公文袋呢?

史践凡一边说"没注意呀",一边装做寻找,不得不掀开纱巾,露出公文袋,问川岛芳子:"是这个吗?"

川岛芳子一把抓过去,抖出文件看了看,松了口气,急忙掖进箱子里。

史践凡故意问:"什么东西这么重要? 是钱吧?"

川岛芳子说:"钱算什么! 小傻瓜,没了它,我回奉天去干嘛! 这是帝国绝密,下达给关东军的,丢了性命也不能丢了它。"

盖好箱子后,川岛芳子催促史践凡快睡,天不亮她就得出发,要赶到横滨去上船。

史践凡把一包东西放在箱子上:"这是带给我家的,给你添麻烦了。"

川岛芳子显得很亲密:"这不是说远了吗?"

川岛芳子已换上睡衣,正准备就寝,史践凡问她还服安眠药吗?

川岛芳子平素不服安眠药就无法入睡,今天又过度兴奋,她怕一时半会儿不能入睡,就叫史践凡比平时多加一片,吃两片。

史践凡答应一声,倒了大半杯水,从药瓶里抖出两片药,趁川岛芳子去上厕所机会,她迟疑一下,迅速又倒出几片药,投进水杯,用勺子搅了搅,看看溶化了,才放下心,捂着"咚咚"乱跳的心口。

川岛芳子冲了马桶返回,把两片药丢到口中,一仰脖子喝了半杯水，对史践凡说："宝贝，我们共赴梦乡吧！"

史践凡替她伸展被子，又要铺另一床，川岛芳子搂抱着她说："咱俩睡一个被窝。"

史践凡无奈地依从。

川岛芳子很快就沉沉睡去，一只胳膊还搂抱着史践凡。史践凡睁大眼睛毫无睡意，眼睛一直围绕着川岛芳子的皮箱打转。

史践凡推了川岛芳子一下，轻声喊："芳子姐！"

川岛芳子没动。史践凡把她的胳膊移开，又一次叫："芳子姐……"

川岛芳子翻了个身，睡得很沉。

确认没有危险了，史践凡轻轻掀开被子一角坐起，从坤包里摸出微型相机，悄然走向皮箱。她心惊胆战地打开皮箱，摸出公文袋，走进厕所，打开灯，又从门缝看了一眼熟睡的川岛芳子，这才抽出公文，一张张摆放在梳妆台上，拿出相机，对准公文连续拍照，相机每响一下，她都吓得回头，冷汗刷刷地流下来。

好歹拍完，她关了灯，拉了一下冲水阀，蹑手蹑脚地回到卧房，将公文袋放回原处，这才长吁一口气，悄无声息地躺回到川岛芳子身边，川岛芳子还处在熟睡状态。

十四

由坂垣征四郎和石原莞尔亲自带队的参谋旅行团这天来到洮南铁公所。这里已是东北军兴安屯垦区的管辖范围。这是个三等小站,除了几间黄色的铁公所建筑和票房外,四周一片荒凉,两根铁轨寂寞地延伸到迷茫的野草深处,一天过不了两趟车。

参加"参谋旅行"的佐、尉级军人在这里展开测量,绘制草图。

坂垣征四郎举着望远镜观察着远处,对石原莞尔说:"满洲战事一起,这里濒临苏俄国境,战略位置很重要。"

石原莞尔也在观察,张学良并未在这一带驻重兵,只有屯垦兵,属乌合之众,不堪一击。

突然有一个参谋过来报告,关东军司令部急电!

坂垣征四郎接过电报看了看,递给石原莞尔。原来是关东军追查失踪大尉中村震太郎的。

石原莞尔看过，并不太在意，这个中村震太郎大尉何许人也？是谁派出来的？他一概不知。坂垣征四郎倒是知道，他是参谋本部情报部派出来的，有过备案，而且曾指派关东军参谋片仓衷协助。他们的路线应当是经哈尔滨赴满洲里，对呼伦贝尔、索伦一带进行侦察。

又一个参谋跑过来，送上电报，也是一封急电，是参谋本部从东京直接发来的。还是同样内容，参谋本部要求坂垣征四郎他们全力搜索中村震太郎。

既然是情报人员，他们不能不管。石原莞尔分析，如果是在山林中走失，或叫老虎吃掉，或饿死密林中，倒无所谓，若是被东北军扣押，就麻烦了，证据会落在他们手中，这一带是他们的军事禁区。

坂垣征四郎点头。东北边防军长官公署曾有过照会，称"兴安区乃荒僻不毛之地，唯恐保护不周，谢绝参观游历，凡外国人一律不发护照"。

石原莞尔说："但愿中村震太郎这个倒霉蛋不当俘虏，若是被狼吃了，反倒干净。"

坂垣征四郎却颇兴奋，不管怎样，他都觉得是好事，机会来了，一旦中村震太郎真的失踪，他们就有文章可做了。"万宝山事件"不了了之很可惜。当时关东军内部有分歧，借口保护朝侨利益而动武，似乎隔了一层，不那么理直气壮。

石原莞尔会意地一笑。他们决定马上返回大连，推动关东军采取行动，这种机会并不是天天有的。

关东军接受了他们的建议，并且行动迅速。他们回来当天晚上，面目扁平的关东军参谋长三宅光治便在旅顺日本关东军司令部召集军官会议，主要是通报"中村震太郎事件"及应对方案。

据三宅光治说，据各方情报称，中村震太郎确实失踪了，哈尔滨特务机关、齐齐哈尔满铁公所、洮南满铁公所都派人到兴安地区进行了搜索，如今一个月过去了，毫无结果，东北军一问三不知，这是一件很严重的事件。关东军绝不能等闲视之，何况外务省、陆军中央部和参谋本部都一再急电催问。

石原莞尔插话，参谋旅行团也找过几天，毫无踪影，这事凶多吉少，中村大尉多半是遇害了。

坂垣征四郎起草了一份《对"中村事件"的声明》，准备交给中方。

三宅光治叫他说说声明的大意。

坂垣征四郎当然不能在声明中暴露中村的真实身份，坚称他是以游历为目的的农学家，到洮南一带去旅行，而被屯垦军杀害。

在座的总领事林久治郎觉得不妥，遇害要有证据，人家中方如要证据，你拿不出，会惹出外交麻烦。

坂垣征四郎怪他成事不足败事有余，就哼了一声，什么证据？都是外务省一向软弱，叫人欺侮！"中村事件"出来这么久了，外务省、总领馆又是照会又是交涉，有什么结果？现在国内民怨沸腾，驻兵满洲的关东军总得给国人一个交代吧？

林久治郎哑口无言，他怎样做都不讨军方喜欢。

三宅光治指示,声明中光说中村被害不行,口气要强硬。

坂垣征四郎岂是软弱之人？他在行文中申明,这是中国蹂躏日本正当权益,日本岂能坐视？应唤起中外、朝野注意,诉诸世界万国之舆论。

既然是天赐良机,关东军求之不得,三宅光治便责成坂垣征四郎大佐马上制定武力搜索计划。

坂垣征四郎明白其中的用意,搜索不是终极目的,关东军决定以搜索证据为名,派遣步兵、炮兵、骑兵三个大队进驻出事现场,也许这就是补上皇姑屯没来得及动手的那一课。

三宅光治心照不宣,中村失踪案,成了关东军一次颠倒是非的口实,他们认为,这是向国内外显示军部威信的机会,也是攫取在附属地外驻兵的机会,更是天赐的发动军事进攻良机。

三宅光治当即命令第二师团和满铁做好一切准备,当然是战争准备。这次会成了战争动员会。

众军官"哗"一声离座,笔直而立:是!

十五

东京上野日比谷公园正是樱花盛开时节,高大的开深红花朵的寒绯樱,花儿像一串串倒挂金钟,原产自伊豆的石割樱散发出的淡雅芳香醉人,还有霞樱、大山樱,粉白花朵层层叠叠,把树枝都压弯了。来赏樱花的人络绎不绝,公园里一片春色。

黎明和史践凡都穿着大学生制服,也相约来赏樱花,不过今天史践凡穿的是女生的背带短裙、海魂衫,显得楚楚动人。她挽着黎明臂膀时,黎明没有躲。

史践凡看了他一眼:"今个怎么不躲了?"

黎明说:"与这么漂亮的女孩牵手而行,我干嘛要躲,你看,招来多少艳羡的目光?"

史践凡左右一看,果然有好多游客都把目光聚焦在他们身上,史践凡不好意思地松开了。

他们来到一棵伞状大山樱花树下，仰头欣赏着繁花压枝的景象。一群乌鸦飞来，遮天盖地，又相继落在樱花树上歇足，震落一地花瓣。

史践凡说："讨厌的乌鸦，真扫兴！"她不明白，日本人怎么这么偏爱乌鸦呀？这若在中国，见了乌鸦会让人感到晦气，太不吉利了。

黎明听日本老师讲过一个故事。据说幕府时代，德川落难，几天没吃到东西，眼看要饿死了，忽然天上飞来一只乌鸦，嘴里叼着一块肉，落在德川肩膀上，救了德川一命。此事一传开，乌鸦在日本人心目中就成了神鸟。

一弯曲水前面有一间席棚，挑着蓝布白字"食"字幌子。小摊卖日本小吃，黎明想吃一碗梢巴（荞麦面），加一个甜不拉（炸海鲜蔬菜），他有点饿了。

史践凡开玩笑说："好啊，梢巴便宜，你不用先摸钱包。"

黎明笑着拉她过去，坐在食铺前长条板凳上，用日语对扎围裙的老板娘说，两碗梢巴，再加一个甜不拉。黎明又加了一个和风冷豆腐。

老板娘满脸堆笑地哈了哈腰，连说几个"哈依"，到灶前去忙活。

黎明看看跟前没人，悄声问她有收获没有？

史践凡抑制不住兴奋劲儿，告诉他，是特大收获！川岛芳子这次回东北，是带了几个绝密文件送往关东军的，有陆军省的《解决满蒙问题的方策大纲》，还有从前阁叔叔一直关注的《田中奏折》，只知这个奏折是关于中国的，却一直弄不到手。

黎明等不及了,忙问主要内容是什么?

史践凡偷拍的时候,吓得心怦怦直跳,哪敢细看!大致是侵占东北的时间、方式和步骤。有一句特别重要:必要时挑起冲突,以此为借口发动攻击,占领全东北,而且日期规定在一年内。更详细的,胶卷冲洗出来就全清楚了!

黎明搂过史践凡肩膀,亲昵地拍拍,说她为国家立了大功!要她把胶卷给他,他来冲洗。

史践凡表示怀疑,他会吗?

黎明在寝室里挡上窗户就能干,米多儿、海波儿这些显影药、定影药他都有。

史践凡"扑哧"一乐,没想到,他还是老牌的了!

这时老板娘用黑漆盘端来装在红黑漆木碗里的荞麦面、冷豆腐过来,说:"二位的梢巴,甜不拉来了,这是绿芥末,请随便用。"

黎明和史践凡同时用日语道了谢。

老板娘又鞠躬:"二位是中国人吧?中国人好啊!"

她指了指飘在席棚上方的布幌上的汉字"食"字说:"你看,我们日本字里除了平假名、片假名,全是汉字。我公公还会作你们的古诗、写你们的毛笔字呢!"

黎明冲她笑笑,老板娘走了。

黎明挤上一点绿芥末,边吃荞麦面边伸出手,从史践凡手里接过胶卷,放进内衣口袋。

吃过荞麦面,黎明和史践凡正在日比谷公园石桥旁的鲤鱼池边看游鱼,水中拥挤的大鲤鱼真大,有二尺长,都不怕人,争相接吃游人投掷的面包屑,挤得水面直翻花。史践凡说,这鲤鱼大概有十多斤重,味道一定鲜美,可惜日本人从来不吃淡水鱼。

黎明说,日本四面环海,有的是海鱼,他们嫌淡水鱼有土腥味。

忽听前面人声鼎沸,好多游客向那里涌去。

黎明拉着史践凡也奔过去,在空旷的大草坪上,不知什么时候聚集了很多人,一时人山人海,旗帜飞扬,好多日本人头上扎着白帕,身上斜背白带,写着"抗议中国杀害我农学博士中村暴行"、"呼吁政府出兵占领满洲"、"满洲本来是日本的生命线"……

黎明大吃一惊,看那些狂热人群,捶胸顿足,如丧考妣,为首的正是换了民装的桥本欣五郎,还有大川周明。当然他俩并不知道桥本欣五郎的真实身份。

黎明和史践凡交换了一个眼神,静静观看。

大川周明跳上一张方桌,声嘶力竭地在讲演:"各位都是大和民族优秀的子孙,大家快行动起来吧!中国人无故杀害我农学专家,这是忘恩负义,这是对大日本国的污辱和挑衅,我们能答应吗?"

一伙激进分子跟着狂呼"打倒中国"、"打进满洲去"……

桥本欣五郎领着喊口号,他振臂一呼说:"有良心的人跟我走,去内阁,问问若槻首相,问问币原喜重郎外相,为什么这么软弱,任人欺凌?"

一群人响应,跟着鼓噪。

桥本欣五郎又喊:"走啊!去二道桥皇宫请愿,让圣明的天皇为我们做主,下敕命发兵雪耻!"

在一片"发兵雪耻"的口号声中,一伙人向公园外面涌去,队伍像滚雪球一样,越滚越大。

史践凡叹口气,日本的军国主义分子很嚣张呀!

黎明有一种不好的预感,中日间的一场大战在所难免,而自己的同胞却在醉生梦死。

当史践凡和黎明预感到中日大战一触即发时,他们一分钟也坐不住了。从日比谷公园回到学校,黎明找了一间地下室,堵上门,和史践凡一起冲洗出胶卷,在等待胶片烘干的时间里,又急忙为史践凡预订最早一班驶往大连的船票。必须尽快把到手的绝密情报送回国内,史践凡只能写个假条,明天叫黎明代为请假了,理由是母亲病重。

第二天清早,黎明送她到横滨轮船码头。她就这样匆忙回国了。

十六

外面的喧闹惊动了东京二道桥天皇皇宫,这里的安静被打破了。

裕仁天皇上唇蓄着弧形小胡子,方脸上架着金丝眼镜,一副冷脸。裕仁天皇很烦躁,他还不到三十岁,却显得一副老态,脸色苍白浮肿,总像打不起精神的样子。

此时他正撩开窗帷看外面。广场上吼声震天,上千人围在那里,举着请愿标语牌,有人声泪俱下地在演讲。皇家骑警成散兵线拦阻试图向里冲的人,在人群中指挥的正是桥本欣五郎、大川周明。

裕仁已经叫人去传首相了,叫他们去处置,不等去传,首相抢先来陛见天皇了。

几辆小卧车在军警重重保护下开过来。桥本欣五郎把大川周明叫到一边,小声告诉他,是若槻首相的车,还有币原喜重郎的车。

他们来面见天皇了,肯定被训斥,闹得越大,越能左右国策,桥本欣五郎接到坂垣征四郎密电后,就马不停蹄地策划这场活动向内阁示威,这是对关东军的默契配合。

可桥本欣五郎马上叫了一声"哎呀不好"!怎么出现了西园寺公望的座驾?这老东西来凑什么热闹,把他搬出来准没好事。

曾两度入阁为相的西园寺公望已经八十岁,满头白发,大概为显示身份、尊严,他连绝少有人得过的大勋位菊花勋章也戴出来了,挂在胸前,菊花、旭日熠熠闪光,人们在车窗外就能看见。

大川周明也惧这老头。西园寺公望是个自由主义者,是刚从首相位置上退下来的元老,在天皇面前说话举足轻重,比亲王还管用,是个可以左右大局的人物。这也正是若槻和币原请出他来救驾的原因,他若能说动天皇,打击一下军方嚣张气焰,那是最好不过了。

桥本欣五郎记得,他这人,竟敢说,把天皇当做神来崇拜是不对的,他还怕什么?弄不好会坏他们大事。

大川周明推他一把,叫他躲一躲,大川是无官无职之人,而桥本欣五郎是军人,别叫他们抓住把柄,在天皇那儿告御状。

桥本欣五郎却不愿退却,这是逼宫的关键时候,他肩负陆军使命,怎能逃避责任。两人正在推推搡搡,若槻首相在车中偶掀车窗帘,已认出了桥本欣五郎,不禁皱起眉头。

遥相呼应,在东北,仿佛已经刀出鞘、弹上膛。在煤都抚顺车站,一列兵车停在线路上,机车喷着白雾待发。调往北满的军队已登车完毕,裹着炮衣的迫击炮固定在平板车上。

坂垣征四郎亲临车站送行,大队长山口河马走过来向他敬礼。

　　坂垣征四郎还礼:"山口君此行,使命重大,会载入日本国史册的,望山口君珍重!"

　　山口队长:"为天皇效忠,万死不辞!"

　　说毕,最后一个上车,绿旗一摆,列车轰鸣出站。

　　同一时间,北满骑兵联队正向北急驰。

十七

东京皇宫的甬道上,若槻首相和西园寺公望、币原喜重郎外相等相继下车,在宫内官引导下向皇宫走去。照壁上镌刻着八个大字"百姓昭和,协和万邦",这本是中国《尚书》里面的现成句子,被他拿来,取其中的"昭和"为年号。

若槻悄悄告诉西园寺公望,方才他看见桥本欣五郎了。毫无疑问,他是皇宫前示威的组织者,但西园寺公望并不知道桥本欣五郎是干什么的。

币原喜重郎插话,他是陆军省的课长,这不等于是军方在鼓动吗?

西园寺公望心里早就清楚,只能是少壮派军人捣鬼,他们是急于把日本国拖上战争轨道啊。

还不止是少壮派闹事,据币原喜重郎所知,陆军省和参谋本部成立了"解决满蒙问题秘密委员会",他们早就想动手了,陆相宇垣就是后台之一。

若槻首相刚刚听到这消息,忙问都有哪些成员?

听听成员名单就明白了,币原喜重郎便点了几个主要干将:情报部长建川美次是委员长,陆军省军事课长永田铁山、补任课长冈村宁次、参谋本部编制课长山胁正隆、欧美课长渡九雄、中国课长重藤千秋、欧美课长桥本欣五郎,还有东条英机、今村均,全是一夕会、樱会的少壮派军官。他们共同推举宇垣,野心不小。

西园寺公望更关心他们准备怎么干?

据币原喜重郎掌握,原先准备在一年左右的时间里,以满洲有反日活动为口实,采取军事行动,求得海内外谅解,要一举攻克满洲。现在迫不及待,要马上动手了。

若槻首相是没有办法才搬出西园寺公望来的,毕竟他两度出任首相,在日本威望素著,在天皇面前有面子。

西园寺公望脸色凝重,他只能勉为其难了。大厦将倾,有时独木难支啊!当今天皇为什么以"昭和"为年号?取其天下和睦、不唯专治为尊之意,他还是肯广纳群言的。问题在于,田中义一的奏章对他影响太大了,对主张扩张的军方有所纵容。西园寺公望真的没有把握挽狂澜于既倒,只能尽力而已。

西园寺公望明白,就是内阁的人也没人想放弃满洲的利益,只是时间、方式的区别,用中国人兵书上的话来说,如果能不战而屈人之兵,岂不更好?与那么大的中国开战,必然是一场旷日持久的消耗战，人力、物力、财力将不堪应对，这是那些毛躁的少壮派军人根本不会考虑的。

几位重臣在裕仁平日喝茶、下棋的便殿晋见。

为召见重臣，日本一百二十四代天皇裕仁特地换上一身大元帅军装，绶带、勋章把他打扮得金光闪闪。西园寺公望一时摸不透在便殿接见臣子，着装为何如此隆重。他喜欢军装，可能与他曾受业乃木大将、东乡平八郎大将有关，他是黩武主义者，性格又很自闭。乃木大将赠过他两本书，山鹿素行著的《日本帝国史》和《中朝事实》，赠书两天后，乃木大将夫妇在赤坂自杀殉了明治天皇，这事对裕仁刺激很大，造成他孤寂难以交流的个性。

裕仁像个幽灵，面无表情地坐在几位臣子的面前。他背后墙上镶嵌着巨幅皇家菊花徽标，两侧是当年明治天皇的敕语："尽忠节、正礼仪、尚武勇、重信义、行俭朴。"还有一幅放大了的照片，是他访问欧洲时在凡尔登照的，他一身戎装，骑在一门克虏伯山炮的炮管上，威风固然威风，作为一国之皇帝，又难免有滑稽之感。在大炮后面围着的侍从，都是当年日本派驻欧洲各国领事馆的武官，永田铁山、冈村宁次、小畑敏四郎都在其中，军中闹事的人，恰恰是他们，西园寺公望能不忧虑吗？这幅照片原是挂在正殿的，因西园寺公望认为不雅，有损皇帝尊严，建议他拿掉，他依从了，却又悬挂到便殿来了。

室内仅有一块二十坪左右的榻榻米，一茶几，一棋盘，余皆空空。

西园寺公望几人就跪坐在裕仁面前的榻榻米上,大家公推西园寺公望先开口。

西园寺公望无可推托,就开门见山地说:"陛下想必被外面的人闹得心烦了。臣为国家福祉,不得不来打扰陛下。事情起因还是因为中村大尉的失踪。前几天,陆军省提出了一个对洮索地区实行'保护占领'的方案,主张在中国方面否认杀害中村大尉的事实,或者虽不否认,但不能迅速满足日本方面要求时,立即派一个大队的部队占领洮南和洮索铁路。"

裕仁的眼皮向上撩了一下:"还只是设想吗?我的子民生命可贵呀!外务省干了什么?"

币原喜重郎惶恐地应对:"陛下,我驻沈阳总领事林久治郎早就向辽宁省政府主席臧士毅抗议了,并要求追究责任。"

裕仁面无表情:"口惠实不至,军方表示一下没什么吧?"

若槻首相看了一眼西园寺公望,没料到天皇已经有了倾向性,他只能硬着头皮说:"启奏天皇陛下,不只是表示一下,其实关东军走得更远,没等陆军省下达命令,他们已经行动了。"

裕仁平淡地说:"哦,是这样。"既没显出吃惊,更无气愤之意,仿佛听到的只是小孩子任性那么平常。

西园寺公望还是表示了不满,这太无法无天了。

裕仁搬出了老祖宗:"想想明治天皇的教诲,'开拓万里之波涛,布国威于四方',这意思不必朕来解释了吧?那时曾把中国、朝鲜叫做我们的'利益线',现在叫什么?"

见天皇直视自己，币原喜重郎外相不得不接茬，现在叫"生命线"。

裕仁说："一样嘛，'利益线'也就是'生命线'。军人难免急躁，不求稳妥，你们政府要适当约束。"

总算有了一句对政府有利的话，币原喜重郎看了若槻首相一眼，又一同去看西园寺公望。

西园寺公望趁热打铁说："但是，启奏天皇陛下，自从'皇姑屯事件'后，英美各国都盯住我们，美国总领事甚至说，日本人若蓄意破坏满洲格局，他们一定不能袖手旁观。这当然是威胁，但也要提防他们联起手来对付我们。"他唯一能打的就是这张外国牌。

若槻首相赶紧补充："所以，就中村事件对满洲实施武装占领，单从与国联关系来看，也不能不说是最不适当的、最不高明的做法。万一造成与国联为敌的地步，日本可就……"

裕仁脸上的肌肉抽动了一下，他有些不快："前怕狼后怕虎的，我们不能总是让白人牵着鼻子走吧？"

他看了西园寺公望一眼："你是元老重臣，你想怎么办？"

西园寺公望说："陛下，现在的日本，往往以衰世逆境中的人为楷模，过于尚武，不见得是好事。欲速则不达，事急会生变，臣主张约束一下关东军，至少现在火候不到。尽量别惹得英美各国联起手来对付我们。等到时机成熟了，一举占领满洲，那才水到渠成。"

裕仁倦怠地打了个哈欠,依然是和稀泥:"好吧!青年人血气方刚,你们老成持重,互补短长吧。"

西园寺公望好不失望,说了一大堆话,天皇不为所动,看起来,日本真的要叫少壮派军人牵着鼻子走了。

十八

在洮南县城外有一家门面不大的杂货店,是日本寡妇植松菊子开的,附近居民和屯垦兵们都是常客,来买些油盐酱醋、火柴、烧酒之类,她还自己做些玫瑰饭团、鱼子酱寿司之类的日本吃食卖,生意不算红火,也不算清淡,小有赚头。

老板娘满脸扑粉,每天都描眉画鬓,白石灰样的脸,像舞台上的歌舞伎。她在中国待久了,不但中国话说得流利,连东北土话也说得很在行,如果不看打扮,你会误以为她是地道的东北乡下女人。

远远地,她发现驻屯军连长车玉堂骑马走来,就往外轰几个在店里买香烟、嗑瓜子闲聊的大兵:"走吧、走吧,上栅板关门啦!"

一个歪戴帽子的大兵恶心她说:"太阳还一竿子高呢,就忙着关门?你就想养汉,早了点吧?"

几个抽着劣等"大众牌"纸烟的大兵哈哈大笑,植松菊子拿起柜台上的鸡毛掸子追打他。

一个烂眼边大兵早瞥见了车玉堂,就对植松菊子撇嘴道:"汉子来了,还不承认?"

鸡毛掸子抽在了烂眼边肩上,他边躲边回嘴:"这可一点不假,养汉老婆都这德性!"

众人边跑边哈哈大笑。气得植松菊子拣起石头抛打,差点打在车玉堂身上,他一歪躲过,下马说:"你这小娘们还挺厉害呢,干嘛追打我的弟兄?"

植松菊子向车玉堂哈哈腰,替他牵马说:"你还向着他们?你也不管管你的兵,他们骂我是养汉老婆呢!"

车玉堂哈哈大笑着,顺手搂着植松菊子进屋去了。

小炕桌早已摆上,几个盘子里有寿司、生鱼片,植松菊子一溜碎步进来,手里捧着一个陶盆,冒热气的水里温着一只锡酒壶。她今天除了做寿司,还有米素汤。

车玉堂望着她笑。

当植松菊子敛袖给他往酒盅里斟酒时,车玉堂一把夺下酒壶,喝了一大口,顺势将她搂到怀里,借机把酒全喷吐到她嘴里,不由分说地动手。

植松菊子咽下那口酒,咯咯乐着挣扎:"好辣!你这么急呀!馋猫!"

车玉堂已解开她的和服,并从马裤口袋里掏出一卷子钱,植松菊子更浪笑不止了。

直到护兵有事来叫他,车玉堂才不得不走。看看天还没黑,植松菊子又下了栅板,里外忙活,满面笑容地卖杂货。一群屯垦兵拥过来买香烟、瓜子、小人酥糖。

化了装的甘粕正彦走来,他戴一副墨镜,西装革履,很有派头。他在树下悠闲地吸着烟,观察着,直到买东西的中国兵陆续散去,才凑上前去。

植松菊子用熟练的当地土话打招呼:"先生,请多关照,想买点什么?我这疙瘩全科着呢。"

甘粕正彦用日语说:"满洲土话你倒挺地道,不过,你还是说日本话吧。"

植松菊子显得很惊喜,马上改说日语:"长官是日本人?"

甘粕正彦没正面回答:"来一包烟,'三炮台'。"

"三炮台"是不容易卖出去的高级香烟,价钱贵,利也大。植松菊子忙拿出一包烟双手递上:"谢谢关照。"

甘粕正彦递过去一张大额日本金票,植松菊子哈哈腰:"谢谢,好长时间没摸过日本金票了,面额太大了,我怕找不开。"

甘粕正彦却摆摆手:"不用找了,你背井离乡也不容易。"

植松菊子眼里涌出泪来:"谢谢先生可怜我!先生是到满洲公干的吧?如不嫌弃,请里面坐。"受人恩惠,总得请人家喝碗淡茶呀。

甘粕正彦也不客气:"好啊,拜托,提前关门怎么样?可以吗?"

植松菊子愣了一下,眼里闪过一丝犹疑,但还是顺从地开始上栅板,莫非这衣冠楚楚的上等人把自己当成"半掩门"了?"半掩门"

在东北就是半公开的娼妓,又不像,他若是嫖客,城里有窑子,也不会到她这来呀。

她又一次关了铺子,把甘粕正彦让进后屋。

后屋是植松菊子睡觉的地方,一铺土炕,上面铺一领苇席,放一张炕桌。靠东边有一架画着牡丹的炕柜,被子、枕头都放在里头,地下有一口酸菜缸,还有些针线笸箩、纺车之类的杂物,完全的东北农村家居模样,甘粕正彦一点都找不出日本人生活的痕迹,除了她那身打扮。

甘粕正彦被让坐到炕沿上,沏上茶,上了一盘炒葵花子,她自己稍嫌局促地站在地当中。

见甘粕正彦不停地打量自己,植松菊子更加不自在,就问他:"先生找我有事吗?"

甘粕正彦拉起了家常,问她在这开杂货店几年了?

植松菊子答:"三年了。"没办法,她丈夫本来在满铁干活,是扳道工。后来得斑疹伤寒死了,扔下她一个人,靠开小铺糊口,唯一的心愿是想等攒够了钱回日本去。

甘粕正彦问她是哪里人?

植松菊子说她是山口县的,乡下人,家里是种田的。

甘粕正彦摇摇头,开个小杂货店,小本经营,得什么时候能攒够回日本的路费呀!

植松菊子叹气,有啥办法,慢慢熬吧。

甘粕正彦问她,听说她和中国当兵的有肉体交易,是为了钱吗?

植松菊子紧张了，也有几分受辱的感觉，她急忙解释："啊，不，不是的，长官别听别人说闲话，我、我从没卖过身。"

甘粕正彦一副不屑神色，嗑着瓜子问他："那个姓车的连长不是你相好的吗？"

看来他是探听了底细才登门的，他到底是干什么的呢？植松菊子垂下头，一半认账一半辩解地说："是，对不起。他，他人很好，我只跟过他一个，真的……"

甘粕正彦又宽厚地笑了："你别紧张，我不管这些闲事，就是你当妓女，我也不歧视你，在日本国内，当艺妓、歌舞伎的还少吗？"

植松菊子这才敢正眼看他："先生有事就直说吧。"

甘粕正彦点点头，他说："不瞒你说，我是来找哥哥的。"

植松菊子反问道："怎么，你哥哥也到满洲来了？是满铁的吗？"

甘粕正彦说他哥哥是农学会的，到兴安一带考察农学，却失踪了。

这事植松菊子听说过，前几天满铁和关东军的人来过好几拨了，也是来找农学家的，叫中村什么。她问甘粕正彦，这么说，长官也姓中村了？

甘粕正彦含混地点点头："他们找到线索了吗？"

植松菊子摇摇头，好像没找到。真可怜啊。这大山里，山牲口可多了，野猪、黑瞎子常伤人，更不用说老虎和狼了，更怕是迷了山，转几天转不出来，不叫狼掏了也得饿死。

甘粕正彦说："能帮我忙吗？如果帮我找到哥哥，或是得到准确消息,哪怕是人死了,指认尸首埋在哪儿也行,我都会重重地谢你,送你回日本山口老家,另外再给你一大笔钱安家,怎么样?"

植松菊子心想,这一定是个有钱的主,口气多大!她说:"这么好的事谁不乐意呀!只是我上哪儿去打听啊?"

甘粕正彦说:"世上的事难不倒有心人嘛。"

听他说话,像是有备而来。为啥盯上她了呢?植松菊子有点犯糊涂,就说:"我这脑袋不开窍,请长官明示。"

甘粕正彦便摊了牌,听人说,他哥哥的失踪和屯垦军有关,求植松菊子向她相好的那个连长打听打听。

原来拐了这么个大弯。植松菊子藏了个心眼,虽然车玉堂没把处置日本间谍的事一五一十地对她说过,她恍惚听说屯垦军抓过日本人,问过他,他没承认也没否认。植松菊子跟车玉堂虽是露水夫妻,毕竟好过一场,不能对不起人家,有的没的不能乱说。

所以植松菊子把门封死了:"他怎么会知道?再说了,他若知道,早跟我说了,他是个肚子里藏不住事的人,二两酒下肚,张家长、李家短、陈芝麻、烂谷子,啥都说。"

甘粕正彦说:"那你再问问这事他知道点影儿不?也许他真的知道呢?这也不费什么事。我们一家人会感谢你一辈子的。"

说罢,甘粕正彦从西装口袋里摸出绣着幕府时代武士的钱夹,从里面捻出几张大面额日本金票,放到炕桌上,叫她先拿着,打听了准信,另有重谢。

受宠若惊的植松菊子连忙把钱推过去:"这怎么好意思呢?"这

人出手这么大方,更让植松菊子感到不是什么好事。但这钱若不拿,也许会惹恼了他,对自己、对车玉堂都没好处。不如先收下,稳住他,跟车连长商量了再说。

甘粕正彦已站起身,叫她别见外,都是日本人,这点钱算是见面礼吧,能帮上更好,帮不上也不怪她。

植松菊子追着送出来,甘粕正彦已经走远,他回头说:"我改天再来听信。你若找我,到洮南铁公所去,我住那儿。"

植松菊子连连鞠躬,不知说什么好了。

十九

坂垣征四郎回到关东军司令部,参谋长三宅光治把一份电报递给坂垣征四郎,叫他下令撤兵,一点商量的余地都没有。这当然是指派往北边准备在兴安屯垦区动手的三个大队了。

脸色冷峻的坂垣征四郎看过电报,恨恨地骂了一句粗话。不用问,又是若槻掣肘!肯定是币原喜重郎给他装的枪。看来,想要达成他们的目标,非把这些挡道的蠢货全赶下海才行。

三宅光治倒是很实际,真的马上干,关东军也没多大把握,兵力太少了,而张学良有三四十万,就算都是废物,齐上阵也不好对付。中国人不是有这话吗?好虎架不住一群狼!

坂垣征四郎陷入两难境地,放弃,太可惜了。他埋怨陆军省和参谋本部不该迁就,不甘心"中村事件"就这么功亏一篑。

当然不是。三宅光治透露,土肥原特务机关长正投入人力加紧调查，他把最得力的甘粕正彦派出去了。"中村事件"迟早是一个最好的口实，远比"万宝山事件"来得直接。为租用中国人土地的朝鲜人出气，毕竟隔一层，也不易唤起国人的仇恨情绪。

坂垣征四郎也只好暂时忍下这口气。

三宅光治反过来安慰他，小不忍则乱大谋。昨天土肥原从本土回来，带来了好消息，前几天，军部有重大人事调动，升职军人几乎都是一夕会和樱会的骨干。

坂垣征四郎眼一亮，他还没得到这消息。

三宅光治告诉他，最振奋人心的是，本庄繁大将从姬路第十师团调来满洲，任关东军司令官，估计不久就会走马上任。

坂垣征四郎的热情又被点燃了。本庄繁可是日本陆军的老资格，做过天皇侍从长，早年他当过张作霖的顾问，真正的"中国通"，更主要的是，他是满洲政策的强硬派。

据三宅光治透露，最有利的是南次郎大将就任了陆相，因为政变嫌疑，名声不佳，宇垣的"首相梦"破灭了，连陆相的官也丢了。好在南次郎比宇垣更激进。这不，建川美次由情报部长改任作战部长，今村均由陆军省调参谋本部任作战课长，东条英机任编制课长……待会儿给他看名单，明天国内才发表，但南次郎先抄了一份给三宅光治，密电发来的。

坂垣征四郎觉得眼前厚重的云层裂开了一道缝隙，见到了曙光。

三宅光治告诉他，步子不要停下来，南次郎的意思是做一年的准备，让大家隐忍。

坂垣征四郎最讨厌"隐忍"这个词！什么隐忍！一年，在他看来，有一百年那么漫长。如果这是南次郎心里话，说明他也老朽了，不值得拥戴。

三宅光治笑了："看来，只有你本人坐上陆军省和参谋本部主官的椅子，你才不会怨天尤人。"

这话说得坂垣征四郎忍不住笑了。

三宅光治还通知他，军界要在东京湖月饭店开重要会议，点名要坂垣征四郎回去参加，他推测这会一定很重要。

坂垣征四郎决定明天就启程，回程正好把本庄繁司令官接回满洲。

东京的湖月饭店可是大名鼎鼎，在帝国军人心目中，这是一个光荣的所在，选择在这里开会，不用问，是有象征意义的。

风尘仆仆的坂垣征四郎刚下船，就乘坐作战部长建川美次专门派来接他的车子，从横滨港直接赶到湖月饭店。

坂垣征四郎一露面，掌声马上响起来，这些大人物纷纷与他握手，向他致意。他像一个凯旋的英雄一样被大家拥戴，使他的精神得到了极大的满足，那些夜以继日的操劳、绞尽脑汁的付出、不被人理解的痛苦，全都烟消云散了。

今天来的人可不止是血气方刚的少壮派军官，他们当然都在，军方的元老、台柱子们的莅临，使湖月饭店生辉。主持人就是陆相南次郎，重量级人物。参谋次长二宫治重，陆军省次官杉山元，作战部长建川美次，情报部长桥本虎之助，军务局长小矶国昭，课长永田铁山、重藤千秋、桥本欣五郎，新任关东军司令官本庄繁，朝鲜驻屯军司令官林铣十郎，也全到场，全是军中柱石。

陆相南次郎开始讲演，先从湖月饭店的光荣说起。他的评价是，湖月饭店是藏有我们大和民族魂的饭店，二十六年前，日俄开战的最后决策就诞生在这里！乃木希典大将就是从这里走出去，击败了俄国对手。他显然在暗示，二十六年后，湖月饭店将再次给大日本帝国增光。

会场响起一片掌声。

南次郎环顾左右，忽然问，今天是否有记者到会？

杉山元答，因为怕泄密，都挡在饭店外面了。

南次郎却要放他们进来，允许公开发表他的讲话！

意外之后，又是一阵欢呼。军官们意识到，军方要破釜沉舟，无所畏惧了。这是最大的福音。

随着大门打开，一群记者蜂拥而入，镁光灯接连闪烁。

南次郎说："我不能说我们的外交是卖国媚外，但帝国军人异口同声说币原喜重郎的外交是软弱外交！他即或是个雄辩家，也洗刷不了他带给日本国的耻辱！"

这话太有攻击性和煽动性了，像火种点燃了台下的情绪，掌声、呐喊声、跺脚声四起，声震屋瓦。

煽起情绪后，南次郎才说："我方才的话，就是对外务省的反击！"这显然是对不久前若槻、币原搬出西园寺公望终止了军方在满洲军事行动的一个报复和清算。

底下又是一阵鼓噪,军官们有理由把陆军大臣南次郎的讲话看成是战争动员令。

南次郎接着说:"我们军部时刻在为国操劳,可他们在背后施放暗箭,到天皇那里去告刁状,可恶!"

桥本欣五郎大喊:"改组外务省,推翻腐朽内阁!"

南次郎摆手压下会场喧闹声说:"对帝国来说,当务之急是什么?不是勒紧肚皮每天少吃二两大米饭、少喝一碗酱汤的忧虑。关系大日本生死存亡的满蒙问题,才是我们帝国军人应当关注的。是的,西方列强想阻止我们获取满洲利益,他们像贪得无厌的一群狐狸守候在那里,可我们是什么?我们是老虎!"

台下的建川美次和桥本欣五郎开怀大笑,受感染的军官们都大笑。连记者们也狂热地又跳又笑,像中了魔一般。

南次郎说:"我们的侨民受到屠杀,我们在满洲旅行的中村大尉无故被中国人杀害,至今尸骨无存,我们还能麻木不仁吗?"

台下呐喊:"不能!"

南次郎说:"当此时,诸位荣膺军职,理当精诚奉公,竭尽热忱,致力于训练,恪守职责,勿稍懈怠,是所至盼。光荣的帝国军人们,疆土等待你们去开拓,我们的曙光已经在满洲地平线上升起了!"

他双手握拳,向天上连续上举,全场起立效仿,呐喊声震耳欲聋。

桥本欣五郎大喊:"发誓紧拥陆军大臣前进!"
　　众军官复诵,站在台上的南次郎热泪滚淌。坂垣征四郎也哽咽了,激动得全身血液都沸腾了。他知道,会后南次郎会对他面授机宜,他再也不用藏头露尾地干了。

二十

出席日本内阁会议的大臣们陆续走进会场。若槻首相来得早,正在隔壁小休息室里喝茶,只有币原喜重郎外相陪同。

币原喜重郎把一张《朝日新闻》放到若槻首相面前的茶几上,问他,这篇报道首相是否看过?

若槻首相心情忧郁地点点头,可恶的《朝日新闻》,居然把南次郎放肆的讲话全文照登。这真是肆无忌惮了,敢把攻击政府的话堂而皇之地登报,从无先例。币原喜重郎问若槻首相,政府就这样保持沉默吗?

他的激将法无效,若槻首相一脸无助的样子,不沉默又能怎么样?他说:"你是外相,看了说你卖国的话,你肯定不舒服。"

这叫什么话?币原喜重郎说:"岂止不舒服,简直像吞了个苍蝇一样!"

若槻首相同样在激他:"那么你是把苍蝇咽下去呢,还是有勇气吐到南次郎脸上?"

币原喜重郎苦笑:"连你这首相都得受辱,我又能怎样?"

若槻首相又想起搬动西园寺公望陛见天皇那天的情景,天皇虽然表面上没说太多,可意思是表达明白了。占领满蒙乃至全中国,这是明治天皇以来的大陆政策,既定国策呀!

币原喜重郎外相说:"是呀,殊途同归,其实我们也并不是站在反对立场上啊,只求事情做得圆满些而已。但却招来这样不公的抨击,不幸成了军方的箭靶子,想起来就灰心。"

若槻首相点头,也不必心灰意冷,内阁手无寸铁,最终挡不住军人的刀枪。

币原喜重郎问:"那今天的内阁会议,万一有大臣提出军方的无礼和无视内阁存在,阁下总要有个态度吧?"

若槻首相倒不相信会发生这样的情形,没有哪个阁僚会这么不识时务,只会绕着走,不会发出另一种声音。既然从大日本利益考虑,军方只不过冒进而已,就原谅他们吧。

币原喜重郎又一次苦笑:"他们骂我是软弱外交,我看首相更是软弱内阁的阁魁。"

若槻首相语气苍凉:"也许,用不了几天,我们就叫人赶下台了……那样也好,但愿别像浜口首相那样,挨人一刀就万幸了!"

廿一

阎宝航正在书房伏案写字,夫人进来,告诉他,史践凡从日本回来了。

阎宝航一怔,这也不是放假时间呐,他放下笔站起身往外迎。心里一阵暗喜,莫非她带回了重要情报?他支持史践凡继续完成留日学业,张学良又通过柴山谦四郎的关系,让她和川岛芳子搭上钩,阎宝航料定她会不辱使命的。

史践凡跟着阎宝航女儿明诗从门外进来,两手提了几个大礼盒,进屋后一一打开,有给婶婶买的一套衣料,脱胎漆茶具是给阎叔叔的,几个精致的绢人是给两个小妹的。

明诗打开绢人盒子,抱在怀里与娟人贴脸。

夫人对史践凡道:"你这孩子,又不挣钱,弄这些虚礼干啥?"

阎宝航拉史践凡坐在沙发上,说:"官不打送礼的,收下,都收下。你若过意不去,明个小凡回东京,你给出一年学费不就全有了?"

几个人都笑了起来。

阎夫人一定要小凡在家里吃饭,答应亲自下厨给她做好吃的。

阎宝航说她爱吃熘三样,问夫人能做出"满园春"的味道吗?人家口味可不比从前了。

史践凡笑个不住,阎夫人说:"我做不出来,我不会叫馆子吗?"

明诗跳着拍手:"我也要叫馆子,咱家好几个月没叫过馆子了呀!"

阎宝航说:"小馋鬼儿,真会夸张,快去玩吧。"

明诗缠着史践凡:"我跟姐姐玩,她可会讲故事了。"

见阎宝航给夫人递眼色,阎夫人扯过明诗说:"走,你跟我去给姐姐叫馆子。"

明诗这才抱着绢人跟妈妈走了。

阎宝航亲自给史践凡沏了一杯茶,史践凡看一眼桌上堆积的文稿,以为阎叔叔是在写书。

阎宝航说:"我哪像你爸爸那么有学问呢,都快著作等身了。"

史践凡欠身看一眼,有一叠材料上有"太平洋国际会议"字样。

史践凡没听说过太平洋会议,这是什么会?研究海洋的学术会吗?

阎宝航告诉她,这虽是一个学术性的会议,但事实上又超出科学范围,主旨是研究、介绍环绕太平洋地区各国的经济、政治,创立六年了，有美、日、中、澳、加等八个成员国。上一届是1929年10月在日本西京开的。

史践凡想起来了，好像听父亲说过。

阎宝航告诉她，上次代表里还有大名鼎鼎的胡适、张伯苓呢。这一次，史践凡的父亲也是代表，是少帅向国民政府推荐的，他们是代表南京中央政府出席会议的。

史践凡说他父亲是个钻故纸堆的人，南京政府怎么会选中他？他可不像阎叔叔，是个社会活动家、风云人物。

阎宝航摆摆手："你看哪儿去了！你父亲是史学大师，尤其精通东北地方史，从肃慎到辽、金、清朝，对东北史志了如指掌，他去参加太平洋会议，就是活史料，日本人什么歪理都不敢拿到桌面上来，连少帅都说，有他在，避邪！"

史践凡咯咯地笑了起来，这才明白，他在准备会议论文。

阎宝航说："我和你爸分工，他给我提供资料，我想从现实出发，追溯历史，揭露日本人的侵略阴谋。"只是苦于找不到官方证据，上次会议的发言虽然解渴，还是抓不到要害。

史践凡问他上次会议宣读的是什么论文？

阎宝航说："你想不到是什么题目吧？《打倒满铁会社宣言》，全面揭露日本人利用满铁对东北的侵略，归纳了六条。"

史践凡觉得很解气："太棒了！日本人不恨死你了？"

阎宝航哈哈笑了："也许我早上了他们的黑名单，我不怕，国际学术会议嘛！为烧鸦片，你是知道的，还给我寄子弹、匕首恫吓呢，现在我的脑袋不还长在自己脖子上吗?"

史践凡问他这次参加太平洋会议,又准备了什么题目?

阎宝航说:"这不,正冥思苦想呢!我是不鸣则已,一鸣惊人。不过,最好你能为我提供子弹。"

史践凡笑了:"叔叔早猜到了我不会无缘无故跑回来吧?我给你准备了一发重磅炮弹。"

阎宝航眼前一亮,猜想她一定得到日本官方的机密文件了。

史践凡笑眯眯地点头,一边打开手袋。

史践凡把《田中奏折》和《解决满蒙问题方策大纲》交到阎宝航手上。她本来受少帅派遣,少帅在北平养病,不方便去送,交给阎叔叔,她就不管了,反正让她干这个,也同时是奉阎叔叔之命。她称自己是一仆二主。

阎宝航一边看,一边问她,是从川岛芳子那里弄来的吧?肯定花了不小的代价。

这一说,史践凡一阵委屈,眼眶里充溢了泪水,她说了声"是",急忙避开阎宝航的视线,把目光掉向窗外。

看着看着,阎宝航兴奋得拍案而起:"好,你给咱国家立功了。好极啦!"

两年前少帅就听说田中义一当了首相,在东方会议后,有个《田中奏折》上奏天皇,成了日本国策,始终不知内容,这下好了,狐狸尾巴终于被抓住了。

史践凡也很气愤,日本的国策竟然是灭亡中国!岂有此理!

阎宝航叫她过来看,奏折的要害在这里:唯欲征服支那必先征服满蒙,如欲征服世界,必征服支那,倘支那完全被我国征服,其他的如小中亚细亚及印度、南洋等,不在话下,此乃明治大帝之遗策……狼子野心昭然若揭呀!

史践凡说:"在《解决满蒙问题方策大纲》里,想马上吞并东北的野心就说得更露骨了。"

阎宝航只想留下抄件,原件马上派专人送给少帅。

史践凡表示同意。

阎宝航嘱咐她,不过,跟川岛芳子打交道得万分小心,别看她很年轻,可是日本老牌间谍川岛浪速精心栽培出来的,心狠手辣。

史践凡点头,她当然知道。

廿二

今天车玉堂不值夜,晚上转到大通铺前,催促聚在一堆胡吹六侃的士兵熄了灯,他便骑上马直奔城边的日本杂货店。

吃了一碗植松菊子为他煮的什锦乌冬面,外加一个荷包蛋,心满意足地打着饱嗝爬到炕上,植松菊子收拾完,车玉堂一把拉她上炕。植松菊子推他一把:"你总是这么猴急!"

车玉堂哈哈大笑,捏一下她的塌鼻子,一边说一边急不可耐地动手。

植松菊子却抱着车玉堂的膀子说:"我没事时瞎琢磨,我跟着你不会有好结果的。"

车玉堂说:"又来了,我对你不是实心眼吗?"

植松菊子滴泪道:"好又能怎样?说不定你哪天换防走了,扔下我一个人……"

车玉堂用粗大的手指揩着她脸颊上的泪说:"我走到哪儿,你的小杂货店也开到哪儿嘛!"

植松菊子说:"终归是露水夫妻呀!你家里有老婆孩子,将来我老了依靠谁?"

车玉堂问她说这话什么意思,她想怎么办?

植松菊子说:"攒钱,攒够了回日本去,我还有个弟弟在山口老家乡下种地,他不会不管我。"

车玉堂答应帮她攒。

植松菊子才不信:"得了吧,你挣那一脚踢不倒的钱,还不够你吃喝嫖赌的呢。"

车玉堂说:"把心放回肚子里去吧。我早想好了,你实心实意跟我一回,我不能甩了你。"

植松菊子才不信,他有老婆呀。车玉堂就告诉他,在中国,兴讨小老婆,只要养得起,讨三房四房都行。就把植松菊子当小老婆养,他吃干的,也不能让她喝稀的,这还不行吗?

这话不像是应付她,植松菊子挺感动,觉得没白跟他好一回,老了那天,不至于串大街走小巷要饭了,她又问了一遍:"你真心对我好吗?"

车玉堂说:"我说过八百遍了,又问!烦不烦!"

植松菊子说:"我信,那,有个忙,你能帮我吗?这个忙帮上,我就能得一笔钱,大数目。"

车玉堂说:"这话不是说远了嘛!你说,要我帮什么忙?"

植松菊子说:"就打听个事,又不叫你破费钱财,更不必出苦力,上嘴唇碰下嘴唇的事。"

车玉堂说:"那就更容易了,你快说吧,别卖关子了。"

植松菊子就问起屯垦军三团抓了个日本农学家的事,就是日本官家来查过好几回的那个失踪者。

因为问得突兀,车玉堂一愣,显得很紧张,马上矢口否认,这事是不能向任何人泄漏的,关团长再三叮嘱,上不传父母,下不传妻子,更何况植松菊子是日本人,就更得守口如瓶了。他挺后悔,那天二两烧酒下肚,说过三团抓了日本间谍的话,虽没说处死的事,现在也有点后悔。

见他愣神,植松菊子更觉得他知道细节,就又追问。

车玉堂的语气充满疑惧,而且不耐烦:"你怎么问我这个?我怎么知道?"

植松菊子还是盯住不放:"你不是说过你们抓住了日本间谍吗?"

车玉堂矢口否认:"你这娘们少顺口胡咧咧,我驴年马月说过?"

植松菊子挺伤心:"连一句话都问不出来,还说对我好呢。"

车玉堂始终不松口,把门封得死死的,说这个忙他可帮不上,他根本不知道,叫她别再啰嗦了。

说罢,兴致全无的车玉堂马上穿上衣服要走。

植松菊子死死地抱住他:"你好绝情,不知道就不知道呗,用得着这样翻脸无情吗？"

车玉堂又坐下了："你这娘们，别学扯老婆舌的这一套，不该你知道的就别乱打听。"

植松菊子撇撇嘴："行了，看你那酸脸猴子的德性，我不问了还不行吗？"她虽然没问出子午寅卯来，从他的言语表情的不正常，已经猜到，他知道，上回不是说走了嘴，而是真有这事，如果自己不是日本人，他没必要瞒着她。她也醒过腔来，这事漏了底，肯定对车玉堂不利。她也不稀罕那个日本人的金票，他再来追问，一问三不知就是了。

可是甘粕正彦似乎根本不相信车玉堂不掌握中村失踪的情况。他一连找植松菊子两次，她咬得很死，说车连长确实不知情。可她毕竟涉世不深，被甘粕正彦三绕两绕就进去了。甘粕正彦问她，这几天车玉堂是不是像有心事？是不是一提起日本大尉失踪的事就心烦意乱？植松菊子先时不说，后来甘粕正彦告诉她，日本关东军已经破案了，屯垦军的人全推到车玉堂一个人身上了，他能不窝火吗？

这一诈，植松菊子马上撑不住了，她说："他又不是最大的官，就是抓了人，也不该拿他是问。"

植松菊子哪里知道，就是这一句，泄露了天机，精明无比的甘粕正彦已认定车玉堂是重要参与者，至少是知情者，甘粕正彦料定车玉堂已经警觉，靠植松菊子是问不出什么了，决定用第二套方案。

植松菊子根本没意识到自己把车玉堂推到了危险境地,她觉得自己没帮上人家忙,不想欠人情,还把甘粕正彦送她的金票退还了。

过后,植松菊子早把这事丢一边去了,一连两天也没见甘粕正彦上门,她渐渐踏实了,杂货店照开不误。

这天车玉堂又骑马来会情人了。他信马由缰地走着,口里哼着《王二姐思夫》的曲调,向植松菊子的小杂货店走来。他看见植松菊子正在三尺柜台前忙着卖货,但他却没发现危险。甘粕正彦带领几个日本便衣隐藏在小卖店旁的小树林中,他一见车玉堂出现,掷掉烟头,向几个助手晃晃头,那几个人如离弦的箭一样,从小树林里蹿出去,就在车玉堂拴了马,快跨进植松菊子小杂货店的当儿,他们从后面扑上去,扭住车玉堂的胳膊,拖了便走。

车玉堂挣扎着大叫:"光天化日,你们就敢绑票?活腻了吧?也不问问我是谁?"

一个人上去捂他嘴。车玉堂一喊,卖店里的植松菊子听见了,忙追出来大叫:"胡子绑票了,快来人哪!"

在杂货店里买东西的人都吓得一溜烟散了,一个屯垦士兵路过,见有人绑架车连长,就上前阻拦:"你们干什么?胆敢绑我们连长,太胆大包天啦!"

一个绑架者掏出左轮手枪对准了那士兵太阳穴,士兵吓得原地站住,不再敢吭声。三个绑架者拖着车玉堂往远处松树林里走。

跌跌撞撞追到小树林边缘的植松菊子突然看见一个熟悉的人

影一闪,那不是给过她钱,托她找人的甘粕正彦吗?

植松菊子愣神的瞬间,发现车玉堂被推上了隐藏在树林中的一辆卡车上,一溜烟开走了。她在树林里追了一阵,哪里追得上,只得折回头又往街里跑,她得赶紧给屯垦军去报信。

车玉堂被押到洮南,关进了铁公所一间屋子里。

车玉堂被推坐在椅子上,他被绑着,眼睛也被蒙着,他听见一阵皮靴刺马针响,有人替他揭开遮眼罩,他看见面前站着甘粕正彦,他始终面带笑意。

甘粕正彦又示意手下人给车玉堂松绑。

甘粕正彦挥挥手,手下人都出去了。甘粕正彦赔着笑脸说:"对不起,车连长,唐突了。"

他掏出"哈德门牌"香烟,弹出两根,递给车玉堂一根,并替他点着火。

车玉堂也不客气,接过烟连续抽了几大口,才问:"看你人模狗样的,也不像胡子呀!干嘛干打家劫舍的勾当?"

甘粕正彦笑笑:"车连长误会了。我是怕请不动你,不得不用这不文明的手段,我向你道歉!"

车玉堂气呼呼地说:"道个屁歉!道歉管屁用?你好像是日本人吧?你我井水不犯河水,找我有什么事?"

车玉堂琢磨不透,这日本人以这种方式把他弄来,想干什么?肯定不是冲钱来的,面前这人像个有身份、有教养的人啊。他猛然记起,植松菊子打听中村失踪的事,怪蹊跷的,说不定是眼前这个日本人托她打听。幸亏他没跟日本娘们露底,矢口否认了醉酒后说的话。反正他们什么证据没有,一咬牙就挺过去了。既然植松菊子看见自己被人绑票了,她一定会去屯垦团部报信,关团长会出面救他,这么一想,心里踏实多了。

廿三

回顾日本侵华史,曾有日本政界人士总结出这样的公式:发动"九一八事变",是靠石原莞尔的理论、思想,坂垣征四郎的策略、胆识。在特定历史条件下,一两个战争狂人真的可以改变人类文明方向,他们是一种破坏力的代表。

1931年初夏,应坂垣征四郎所请,以北海道士兵组成的多门二郎第二师团调防东北,他们生长在寒冷的北方,更利于在东北作战,这是一个强烈的信号。

多门师团在旅顺口登陆,被坂垣征四郎视为"里程碑式"的事件,成就感让他兴奋不已,他约了石原莞尔,两人在长春大和旅馆会议厅见面。

偌大的会议厅里,只有坂垣征四郎和石原莞尔两人,显得极其空旷。

门外站立着几个参谋和卫兵,大门紧闭。

两人都穿着笔挺的军装,腰挎战刀,他们的谈话很特别,总是从房间的一端迈着军人正步相向走来,在屋地中央碰头,立正。正中的地面上用马赛克拼出一条黑龙的图案,这应当是日本黑龙会的标记。

两人在会标前稍加停顿,再机械地向后转,迈步向回走,但并不耽误他们讲演似的谈话。

坂垣征四郎说:"第二师团换防满洲,好!陆军省是看透了你我的用心。"

石原莞尔说:"试探气球成功了!坂垣君是有解不开的满洲情结呀。"

坂垣征四郎说:"岂止是满洲?我年轻时就曾立志,我把一生都赌在中国,因为我为它流过血。"石原莞尔知道他这段经历。日俄战争时,他在奉天会战中受过重伤。那时他才二十岁,下士,任步兵小队长。

石原莞尔比坂垣征四郎小四岁,没有他那么幸运,无缘亲历日俄大战的惨烈和辉煌。他是河本大作推荐,才来到关东军任职的,能与坂垣征四郎共事,石原莞尔说是他一生最大的荣幸。

坂垣征四郎说:"我一直认为,中日之间必有一战,这一战的导火索掐在石原君手里,而点火的是我,这是历史赋予我们的神圣使命。只有把满洲变为日本领土,才能把整个中国立于制其死命的地位。"

石原莞尔说:"现在看来,陆军中央部和参谋本部的计划还是太保守了。一个好梦既然做了,就不能停留在梦里。坂垣君5月29日在部队长会议上做的关于满蒙问题的讲演,具有极大的煽动性,你把关东军的血给烧热了!"

坂垣征四郎说:"彼此彼此。昨天,你给全体参谋旅行团讲的《战争史大观》把我的热情理论化了,我们是珠联璧合!你对第一次世界大战的评价叫大家大开眼界,你居然说它不足以称为世界大战。"

石原莞尔:"只有下一次以日美为对手的战争,才是真正的世界大战,是人类的最后战争,将成为日本国民的总体战。从军事理论上说,无畏是胜利之本,不要怕把事情闹大,包括将来对美英开战的准备。当然,首战是把满洲收入帝国囊中,先占满蒙,达成以战养战。"

坂垣征四郎说:"好一个以战养战!石原君现在还认为陆军省和参谋本部的《解决满蒙问题的方策大纲》是必须遵循的吗?"

石原莞尔说:"我想,你当时为它鼓掌时心里就把它当做一双破木屐一样准备丢弃了。"

恰好两人走到大厅中央碰头位置,二人相互凝视良久,不禁哈哈大笑,有点类似狂笑,之后又背身走开。

坂垣征四郎说:"石原君说过,从历史上看,与其说满洲属于汉族,不如说应属于大和民族。这种理论听起来很顺耳,很鼓舞人心,但日本人以外的人听了,也会和我们一样舒服吗?"

石原莞尔说:"任何理论都有它的理想性、前瞻性和不可理喻性。谎言重复千遍,它就是真理。譬如说上帝创造了人,这在众多基督徒眼里,会有人认为这是荒谬的吗?"

坂垣征四郎说:"那就让这理论更完备、更普及化吧,让所有的人都知道,满洲是日本的,就如上帝造人一样无可辩驳。"

石原莞尔说:"我在理论上为君铺上跳板,怎样飞跃看你的杰作了。"

坂垣征四郎又一次与石原莞尔碰头,四目相对,眸子里都像燃烧着火焰,坂垣征四郎说:"破釜沉舟,我决定了!"

石原莞尔听懂了,他暗示,已决心甩开军部大干一场。

坂垣征四郎说:"不,确切地说,是推着军部走,不是甩开。再让日本军人的神圣火车头,拖着文官政府、拖着全日本走,哪怕是赴汤蹈火、走向地狱,决不回头!"

石原莞尔说:"干吧,至少在今天,我是你永不背叛的盟友。"

坂垣征四郎认为首先是时间。

石原莞尔明白,他想把事变提前。"中村事件"倒是天赐,可惜迄今还没抓住把柄。

坂垣征四郎不这么看,把柄也是人制造的。寻找借口,寻找不到,就制造借口,童话有时比现实更有足够的暗示,譬如,狼要吃羊,还用得着编造什么借口吗?

两个相向站立的人都露出了会心的一笑,他们各自伸出右手猛击,发出"砰"的一声闷响。

石原莞尔说:"历史将铭记,改写大日本历史的一页,开笔是长春大和旅馆之夜,"满洲事变"的第一页,由你我联手掀开!"

两人突然都放松了下来,坂垣征四郎提议道:"去喝一杯如何?"

石原莞尔一笑:"是需要放松一下紧张的神经了,最好的松弛剂当然是女人。走吧,佐久间亮三大尉为我们准备了女人,当然不是用烂了的军妓,是刚从日本来的雏儿,随军护士。"

坂垣征四郎笑起来:"对日本国来说,我们的功劳盖天,全日本的漂亮女人都来慰问你我也不为过。"

廿四

晚饭后闲着没事,团副董平舆和王秉义等几个连长正在屯垦三团团部推牌九,植松菊子忽然慌慌张张地推门而入:"不好了,长官……"

董平舆放下牌,看她一眼,皱眉问,这女人是谁?

王秉义附董平舆耳边小声吹风:"这小日本娘们就是车玉堂的姘头,明铺夜盖,没人不认识。"

董平舆听说过,今天头次见。他打量着植松菊子,显得有几分看不起的样子问:"哦,你有什么事吗?"

植松菊子结结巴巴地说,车、车连长叫人绑票了!

董平舆与王秉义等人面面相觑,董平舆说:"绑票?这不是活见鬼吗?他一不是财主,二不是开当铺的,谁绑他干什么?"

植松菊子着急地:"你们别不信哪,我还能扒瞎吗?"

看样子是真的,董平舆问她是不是亲眼见,是什么人绑他票?

植松菊子说没报字号,车连长刚走到她门口,不知从哪窜出一伙人,捂嘴的捂嘴,蒙眼的蒙眼,愣是在人眼皮底下绑走了。

王秉义纳闷地说:"车玉堂挺随和的呀,没什么仇人哪!"

董平舆直视着有几分风韵的植松菊子,小声对王秉义说:"八成是争风吃醋。"他认定跟这有几分姿色的日本娘们有关。

王秉义也这么想,就吩咐勤务兵轰她出去,堂堂国军,这破鞋烂袜子的事咱不管。

两个离门口近的勤务兵推开门,像撵狗一样赶她:"快走,快走,屯垦军不管你这狗扯羊皮的烂事。"

植松菊子被推搡到门外,一筹莫展地呆了一会儿,耳畔忽然浮现甘粕正彦说过的话:"你若找我,到洮南铁公所去,我住那儿。"

解铃还需系铃人,只有找到那人才有救,车玉堂肯定被绑到铁公所去了。植松菊子拔腿就跑。

洮南铁公所里,甘粕正彦和颜悦色地对车玉堂自报家门说:"是这样,我叫中村震二郎,这名字你一定觉得耳熟吧?"

中村震二郎?耳熟呀!他记得,被处死的那个鬼子就像这个名,对了,他叫震太郎,他们是哥俩?

车玉堂故意装傻:"你们日本人,不是狐狸就是狼(郎),太郎、二郎、三郎,我可分不出个数来。"

甘粕正彦耐心地向他解释,他哥哥真叫中村震太郎,是日本农学家,到满洲兴安一带来考察农作物,却与家人失去了联络,一个多月了,他是来找哥哥的,料想车连长可能知道点线索。

车玉堂说:"扯淡,我又不是管户籍的警察,我哪知道!"

甘粕正彦并不急躁,仍以央求口吻说:"我以亲人名义求你,你只要告诉我线索,不管人是死是活,我都出重金酬谢。"

说罢,他打开牛皮公文皮包,从里面拿出五根黄灿灿的金条,放到车玉堂面前:"告诉我吧,这些金条就全归你了。"

车玉堂看了一眼金条,不客气地抓起甘粕正彦的"三炮台"烟,抽上一支,吐着烟圈说:"金条倒是好花,可我没缘分,没影儿的事也不能顺口胡咧咧呀!我真的没见过你哥哥。"

甘粕正彦的笑容渐渐凝固了,他的话有点敲山震虎的味道了:"你是个聪明人,你应当明白,兴安屯垦三团上千人,为什么单单找你?用你们的俗话来说,我是不见兔子不撒鹰啊!"

车玉堂不吃这一套:"我真眼馋这金晃晃的金条,没福分呐,真的不知道你哥哥的下落呀,我又不能编瞎话。"

甘粕正彦的话变得杀气腾腾了,他说:"你别油嘴滑舌的,你若是敬酒不吃吃罚酒,那可别怪我不仗义了。我现在告诉你我是谁,甘粕正彦,关东军奉天特务机关副机关长,什么样的铮铮铁汉到我这烘炉里,都得化成铁水!"

车玉堂从甘粕正彦的口气、眼睛里看到了杀机,不由自主地一抖。

甘粕正彦注意到了这个细微动作,马上冲门外喊了一声:"来人啊!"

应声而入的是四个赤膊壮汉,胸毛连着络腮胡子,阴森森一片,他们搬来老虎凳、砖头、绳索、钢丝鞭、火盆、烙铁等刑具。

车玉堂不能不恐惧,忙着分辩:"我确实不知道呀。"

甘粕正彦说:"我很欣赏你的硬汉子精神,我挺同情你,杀害中村震太郎又不是你主谋,你替别人受刑,值得吗?"

车玉堂低头不语。

甘粕正彦见老虎凳已摆上,就悠悠然地说:"那么,先尝哪一种滋味呢?车连长可以自选。"

车玉堂看了一眼沾满血污的老虎凳,又是瑟瑟地一抖。

甘粕正彦说:"这么说,车连长是对老虎凳情有独钟了?那就先试一试吧。"

几个壮汉连拖带拽地把车玉堂按倒在老虎凳上,用粗棕绳捆绑结实上身和双腿,车玉堂骂道:"你敢对老子下手,你们不得好死!会有人找你们算账的!"

骂归骂,刑照上,砖头开始往他脚下垫,一块、两块,疼得他眼珠子都快冒出来了,垫到第四块时,他大叫一声,晕了过去。

等他被一桶冷水泼醒后,又看见了几张狰狞的面孔。一块烧红了的三角烙铁举到了他眼前,热烘烘的直烤脸。

甘粕正彦弯下腰,问得很文雅:"车连长,我想,你无论如何也没有尝遍所有刑具的兴趣吧?烙铁还要用吗?烙铁一上去,可是一个大窟窿啊!"

车玉堂闭上了双眼,可烙铁刚接触前胸,"滋啦"一声,青烟直冒,一个声音说:"烙他脸,一边一个印,他们中国古代有一种刑法叫黥面,烙上印记,走到哪儿都会被人认出来!"

甘粕正彦摇摇头,要来个绝的。叫人剥掉他的马裤,裤头也用刺刀挑开。甘粕正彦用手枪柄连续拨拉着,说:"烙他这玩意儿也许更有趣!只怕到那时候,开杂货店的植松菊子再也不会喜欢你了!"

话音一落,爆出一阵狰狞的狂笑声。

车玉堂浑身一阵哆嗦,也许这魔头说的对,自己又不是处决日本特务的主使人,犯得上受这份罪吗?弄不好连命也得搭上!

当烙铁冒着火星就要烙到他阴部时,车玉堂狼嚎一样大叫一声:"别烙,我说,我说还不行吗?"

甘粕正彦轻蔑地一笑,向打手们挥手,车玉堂被松了绑。

廿五

史践凡家坐落在靠近太原街的繁华地段,是一栋树木掩映的青砖小楼,因在深巷子里,故闹中取静。

这天史籍骑着自行车从学校归来,后架上驮着一摞书籍。他发现胡同口停着一辆"福特牌"小轿车,就下意识地打量一眼,骑车绕了过去。

骑到家门口时,看见有一个穿黑西装、戴礼帽、卡墨镜、手持文明棍的青年人,正看着门楣旁有"史宅"字样的方木牌,试着拍了几下门环,无人应,刚转过身来,看见史籍跳下车子。

川岛芳子礼貌地鞠躬:"先生好?如果我没猜错的话,您是史教授吧?"

史籍打量着川岛芳子,有点奇怪,男装女声,细皮嫩肉又分明是个年轻女性,没见过此人,就问,怎么认识他?

川岛芳子摘下大墨镜,露出秀美迷人的一双大眼睛,说:"史教授学贯中西,桃李满天下,又是少帅的恩师,并因攀龙附凤而飞黄腾达呀,不然怎么能代表中国去参加太平洋国际会议呢!"

史籍很反感,忽然想起了什么,对了,在报纸上见过她的照片。就说:"你是川岛芳子吧?"

川岛芳子喜不自禁地:"好眼力,在满洲,不认识我川岛芳子的人除了傻子就是疯子。谢谢教授,虽然你没有第一眼认出我,我仍然很高兴。"

史籍讥讽地说:"其实我是属于你说的傻子一类的,但傻子也能闻出香臭,故而一眼看穿了阁下。"

川岛芳子被骂得颜面尽失,好不扫兴,见史籍不睬她,自去开门,往高门槛里推自行车,就搭讪着说:"先生不请我进去吗?我可是专程来拜访的呀!"

史籍不客气地说:"非常抱歉,我这院子里有家庙,还供着祖宗灵位,出卖祖宗的人,进来怕带来秽气。"

川岛芳子被骂得脸红一阵白一阵,想发作又无从发起,只好压下这口恶气说:"我不跟你计较,是看在你女儿的面子上。你可能还不知道,我与史践凡是形同手足的莫逆之交,她没跟你提起过吗?"

川岛芳子打开精巧的鳄鱼皮手袋,从里面夹出一叠照片,递给史籍:"如你不信,请看相片。这是我和践凡在东京拍的,你替我交给践凡好了,既然史践凡不在,史教授又视我为不速之客,那我先告辞了。"

史籍没伸手接,照片散落地上。川岛芳子向"福特"轿车走去。

汽车开走后,史籍拾起地上的照片,全是狎昵不雅的艳照。他越看越生气,狠狠摔在青方砖地上,向上房走了几步,又觉扔在这里不妥,回来重新拾在手中。

因为生气,史籍连晚饭也没吃,一个人躲进书房生闷气,女儿留的什么学,如此不堪,叫他颜面尽失,成何体统。

夕阳从一楼书房窗户上渐渐移走,光线趋暗,他也不开灯,就这么枯坐着。书房并不大,图书充梁接栋,桌上、窗台上、地上,到处堆着书,有限的剩余空间又被字画占满,满室书卷气。

史籍有一种被挤压在罐头盒子里的感觉,憋闷气短,他推开窗户想透透气,手却变得僵硬,怎么也拔不动插销。女儿史践凡从外面进来,叫了声"爸",跑过来替他开了窗子。

史籍看也不看女儿一眼,又坐回到桌前发愣。

史践凡观察着反常的父亲,正不知发生了什么事,史籍先开口了,他冷冰冰地问:"你回来好几天了,一天到晚在外面跑,你都忙些什么正经事呀?"

史践凡听得出,"正经"二字是加重了语气的。她给史籍的茶杯里续上茶水,笑道:"爸你好忘性,我不是告诉过你了吗?我在阎叔叔那里帮忙啊,他在准备参加太平洋会议的资料啊。你不也是这一届代表吗?"

史籍气不打一处来:"别拿阎宝航当挡箭牌,有人告诉我,你常去关东军特务机关找川岛芳子,有这事吗?"

史践凡有点奇怪:"爸你听谁说的?"

史籍说:"还用谁说吗?你的高贵朋友川岛芳子今天都找上门来了!"

史践凡不但不反感,眼一亮,倒显得有几分兴奋:"她来过了?"

史籍挖苦地说:"看你这表情,好像有贵人登门的样子。"

史践凡不在乎地说:"这有什么呀?你还限制我私人交往啊!爸,你是不是对她不礼貌了?"

史籍说:"你还想让我把汉奸奉为上宾吗?叫我轰出去了。"

史践凡生气了:"你这不是坏我事吗?"

史籍说:"坏你事了?你和她能有什么好事!川岛芳子是什么人?连祖宗都可以贱卖的人,你不怕丢人我还怕呢。"

史践凡虽说生气,还是妥协了:"知道了,我以后少接触她就是了,爸你怎么也像老太太一样唠叨呢!"

史籍不相信她这么快就转弯了,就说:"你别跟我阳奉阴违。"

史践凡笑说:"你把你女儿说成阴谋家了?"

"还有比阴谋家更叫人难堪的呢!"史籍从抽屉里取出川岛芳子留下的一沓照片,啪地摔到桌子上:"你自己看,你还知道廉耻吗?"

那正是史践凡和川岛芳子亲密接触的照片,不是同穿男装,就是同着女服,勾肩搭背,显得暧昧,幸而没有拍床上镜头,当初川岛芳子忘情的时候真想拍过,但史践凡把相机藏起来了。

她承认,眼前这些照片也够难为情的了。史践凡脸腾地红了,她不好意思地解释:"她今个送来的?川岛芳子这人有点与众不同,她爱穿男装,不过……"

史籍厉声训斥女儿:"你别再狡辩,川岛芳子是个同性恋者,连报纸上都披露过,你跟她鬼混,你的名誉还要不要?我可还要这张老脸呢!"

史践凡又气又羞,又无法解释。能说父亲的责骂不对吗?可是……可是以下的话,她没法向父亲剖白呀。她又羞愧又委屈,心里一急,不禁掉下泪来,扭头就走。

史籍作色道:"你给我站住!"

在史践凡印象里,父亲发过脾气,但像今天这样疾言厉色、毫不顾女儿情面,还真是头一回。她虽站住,却没回过头来,史籍说:"你给我听好,你必须承诺,从今往后不再与川岛芳子交往。"

史践凡不想说假话,就说她办不到。

史籍一拍桌子:"反了你!"

听见父女吵架,史践凡母亲秦立言从楼梯上匆匆下来,她是位中学教师,从着装到言谈举止,处处显出很好的教养,即使在家里,她也从不高声说话,对女佣人也从不用训斥的口吻。站在楼梯上,秦立言说:"这又怎么了?本来离多聚少,见了面三句话不来就吵!说出来,我当仲裁者。"

史践凡边走边抗声说:"他干涉我自由。我与川岛芳子交往,是少帅允许的!我自有分寸,爸爸凭什么横加阻拦?"

史籍追出门来厉声道:"岂有此理!少拿少帅当挡箭牌,他让你男盗女娼你也干吗?"

秦立言大惊,责怪史籍道:"冷静,亏你还是个大学教授,这样龌龊的语言也能对女儿说出口!"

史籍自悔失言,忙说:"这话是有失分寸了,我收回。不过,说错话不等于我会轻易收回成命。我把话说明白了,你不与川岛芳子断交,我不认你这个女儿。"

秦立言调和道:"你们这爷俩犯相啊?小凡回来才几天,你就不给她好脸,她有失当处,把道理讲清楚嘛,何必摆出封建专制那一套!你从前不这样嘛,莫不是更年期到了?"

史籍被她说笑了,他叹口气说:"你也是为人师表的,在这个问题上,你我不是看法一致吗?这时候又来宠她、惯她!你不止是母亲,你首先是教育者。"

秦立言说:"我记住你的提示了。我也提示你一句,小凡首先是平等的朋友,其次才是你女儿。"

史籍说:"好,告饶,我挂免战牌行不行?"

这一下,站在门口的史践凡依然觉得很没面子,不管出于什么正当理由,她与川岛芳子的那种关系始终是心上的阴影,这又是没法说的。

拢住一个,秦立言又转过来安抚女儿:"你爸虽说声严厉色,可他是从名誉着想的,把名誉、人品看得比生命还重的人才是高尚的人。"

她会连这个都不懂吗,妈妈这一说,史践凡更委屈得不行了,就哭着跑上楼去。

史践凡砰地关上门,背靠房门站着默默流泪,秦立言在门外轻声唤着:"小凡、小凡,开门呀。"

史践凡不开。她揩干泪水,索性打开皮箱,把衣物胡乱往里塞。也许离开家,就能扫除笼罩她心头的阴霾了。

秦立言还在拍门,史践凡收拾完东西,才打开房门,母亲进来,刚坐下说了句"小凡你别任性",女儿马上说:"我不想听,这个家容不下我,我走!"

说罢提起衣箱夺门而出,咚咚咚下楼。秦立言一路呼喊着"小凡",追出去,史籍在书房探出头来,吼了一声:"叫她走,永远别再回来!"

秦立言说了句"你少说两句吧",就一直追到院门口,女儿已跳上一辆三轮车走远。秦立言靠在大门柱上,眼里满含泪水。

史籍从背后走来,把手绢递给秦立言。

秦立言不接:"都是你,把她逼走了,道理也得慢慢地讲啊!"

史籍叹口气:"从今天川岛芳子那嚣张气焰看,践凡是中了邪了。我的猜测不会错,虽然我非常不希望是这样。"

他给秦立言看了那些照片,她的心也悬起来了:"小凡真的走火入魔搞起同性恋来?不会吧?"

史籍说:"怎么不会?川岛芳子就是个恶魔,小凡太嫩,怎能抵御得了她的魔法?"

秦立言的心开始往下沉:"这不是把人给毁了吗？咱们哪还有脸见人?"

　　史籍说:"同性恋古亦有之,但跟川岛芳子这样的人鬼混在一起,你我可真的无法做人了。"

　　这一说,秦立言又泪珠涟涟起来。

廿六

东京一夕会密室里,窗帘厚重,一丝光亮不透,幽暗的灯光映照着一张张因紧张、兴奋而变得扭曲的脸,也笼罩着神龛上供奉的天照大神的"鸟居",构成鸟居的,有三件宝物:八咫镜、青铜剑、勾玉,显得很神秘。

桌子上没有菜,只有几瓶清酒,每人一瓶,边谈边仰脖喝,与会者全没穿军装外衣,白衬衫敞着领口。与会的人有匆匆从东北赶回国内的坂垣征四郎,还有作战部长建川美次、军事课长永田铁山、补任课长冈村宁次、中国课长重藤千秋、俄国课长桥本欣五郎。

这次秘密聚会,可以说是对"满洲事变"最后一次的统一意志,桥本欣五郎称,从今天起,将翻开人类历史的新一页。

日本少壮派法西斯军人三月未遂政变后,为推行其既定的"满洲策略",对哪怕是只在时间表上持有异议的人,包括元老重臣,都在打击扫除之列,力图效法法西斯纳粹,实行军人专制。

建川美次说:"前几天坂垣君派奉天特务机关的花谷正中佐回国磋商,你的决心就是我们的意志,没说的!"

永田铁山拳头重重地击在长案上说:"不管什么人,有人敢阻拦我们成就大事,哪怕是内阁,也要干掉它!顺我者昌,逆我者亡!"

大家一齐喊:"顺我者昌,逆我者亡!"

桥本欣五郎曾和花谷正约定,并通报给坂垣征四郎和石原莞尔,大约10月左右发动"满洲事变",但当时并没有敲定具体日期,主要是怕走漏风声。现在日子一天天逼近,桥本欣五郎希望今天最后确认。

永田铁山不同意放在10月,太晚了,过了9月满洲天气就冷了,和日本北海道差不多,冻手冻脚,不利于军事行动。

冈村宁次建议定在下个月,9月!但哪一天合适,他推给坂垣征四郎,请他定。

这么重要的日子,坂垣征四郎不愿一个人做主,他提议,定在哪一天不用争,每人写一张纸条,摆在天照大神神位前,采用"天算",明治大帝在冥冥中的天国也会替我们做主张。

众口一词,请天照大神为我们大日本帝国抉择命运!

桥本欣五郎给每人分发一张纸片,大家分头写上自己认为合适的日期。然后团成一个个小纸团,放到一只漆盒中,由坂垣征四郎捧过去,敬陈于天照大神宝物前。大家虔诚地行礼毕,由建川美次再捧回漆盒,面向天照大神用力抖动、摇晃,打开盖子,左手在盒底下用力一拍,"砰"一下,从漆盒里弹出一个小纸弹,落在桌上。

人们屏住呼吸盯住纸团。建川美次示意坂垣征四郎,由他来启封。

坂垣征四郎认为,建川美次是他们当中唯一的少将军阶,自己不好僭越。

建川美次说:"不,这不能以军衔论。推动满洲车轮转动的巨手,正是坂垣君,请勿推辞。你的手,是托起日本国一轮红日的巨手!"

一句话赢得了掌声,说得坂垣征四郎心里热烘烘的,众人都把鼓励、期望的目光投向坂垣征四郎,他也不再谦让,向建川美次伸出双手,建川美次拿起一瓶清酒,倒在坂垣征四郎手上,他搓洗毕,拿起纸团,面向天照大神庄严地打开,所有人的头全都凑了过去,纸条上赫然写着"九一八"。

众人欢呼天照大神为他们选定的这个神圣日子。

坂垣征四郎把纸条喷上酒,用手抚平,双手交给建川美次:"建川君,请你来保存,它应当永世存放在大日本帝国国家档案馆!"

从一夕会出来,坂垣征四郎说起清朝废帝的事。桥本欣五郎不屑于谈,这个时候怎么想起他了?

坂垣征四郎到底比别人想得远,未雨绸缪,他已经想到了下一步。这一点,他得感谢土肥原贤二,是他最先出此高招的,他称做"以华治华,以满制满"。虽然可以一举占领满洲,但距离它的日本化,那还有相当遥远的距离。即使中国人肯当顺民(当然他也明白,这是一厢情愿的假定),国际方面的压力甚至武装干预,也不是不可能的。坂垣征四郎已想好了缓冲之计,那就是,一旦占领满洲,尽快扶植一个傀儡上台,使人感到还是中国人统治中国人。待到水到渠成了,再把傀儡一脚踢开,就没有风险了。

桥本欣五郎说:"这么说,应该着手找这个傀儡了。那也不用急,让谁当,都巴不得的。"

坂垣征四郎不以为然,他已选到了一个最能为满洲人接受的人物,那就是废帝溥仪,他周围的遗老遗少们恨不得一个早上复辟,而满洲是大清祖宗的发祥地,不能在北京坐金銮殿,挪到老家满洲来当皇上,一样神气呀!

桥本欣五郎也觉得可行,只是怎么才能说动溥仪呢?

坂垣征四郎早有安排,他和土肥原贤二商议过几次,不谋而合,都把突破口选在了溥杰身上,他是溥仪的弟弟,又在日本留学,通过他牵线搭桥要方便得多。他告诉桥本欣五郎,这件事已着手做,他正等待鹿儿岛那边的消息。

桥本欣五郎一听,不得不佩服他高明,像下棋一样,走一步看两步。

坐落在日本九州最南端的鹿儿岛是风景名胜,气候宜人,溥杰来日本留学好几年了,早就想到这里的火山岛——樱岛去看看,却一直没有机会,天从人愿,一个素不相识的日本人吉冈安直找上门来,为他提供一切方便。

溥杰没有任何压力和顾忌,哥哥被革命党人从紫禁城里赶出去了,他也失去了天皇贵胄的体面。在日本,他像一粒沙子,在茫茫瀚海中一点都不起眼。想不到,倒台皇上的弟弟这时还有人当回事,乐得逍遥。

坐在面对大海的一间酒馆里,当地驻军少佐吉冈安直(后来溥仪的"帝室御用挂")正在宴请溥杰,请他喝有名的宵美人清酒,吃烤全虾、烤松茸蘑,还有冰镇的白鲑鱼刺身。

吉冈安直圆脸塌鼻子,一副憨厚相,举止不俗也不雅,先时溥杰以为他是商人,后来又猜他是小职员,又什么都不像。根本看不出他是个军人,是个少佐。

海浪、黄沙、风帆,还有不怕人的小鹿散养在林间。他们喝着清酒、吃着生鱼片。几头可爱的小鹿吃惯了游客喂食的饼干,不时地走到他们的遮阳伞下,伸出舌头来舔溥杰的手,溥杰便把点心放在手心里任小鹿舔食。

吉冈安直问溥杰,鹿儿岛风光如何?

溥杰赞不绝口,山美、水美、景美、味美。

吉冈安直说,还少说了"一美",女人美!

二人抚掌而笑。吉冈安直说:"一会儿我还要带你去艺妓馆,你千万别难为情,她们都很大方……哈哈……"

溥杰有点不好意思。吉冈安直说:"这有什么?只要你愿意,她们都会跟你上床。日本女人的滋味你尝过吗?别有风味呀!"

溥杰想告诉他,自己正要娶一个日本老婆,口中却说:"我更喜欢山水风光。"

吉冈安直望着浩渺海上说:"明天我带你坐船去樱岛,那可是一万三千年前的火山,本来都是海,岛是火山熔岩凝结成的。从那里可以望见冲绳。"

溥杰下意识地说:"从前冲绳叫琉球群岛吧?甲午战争前是大清的版图。"

吉冈安直不愿跟他触碰这个话题,就又拐到女人身上,坚持要给他找一个性感女人消遣消遣。

溥杰岔开了:"多谢吉冈先生招待我。我一个普通留学生,实在不敢承蒙盛情款待。"

吉冈安直说:"你可不普通啊,你是中国皇帝的御弟,按说书的叫法,那是'八千岁'呀,一人之下,万人之上。"

溥杰有被人讥刺的尴尬,他说:"不好意思,家兄已被废多年,逐出皇宫,在天津当个'寓公'而已,中国早已经没有皇帝了,哪还有御弟。"

吉冈安直很会奉承:"可是在我看来,宣统仍然是高高在上的皇帝。今天落难,不等于明天不能复辟。"

溥杰心想,张勋率辫子军倒是复辟过一回,也是昙花一现,就连那些至今不肯剃头的遗老们怕也不敢做这样的黄粱梦了。所以他说,吉冈先生开不得这种玩笑的。

吉冈安直却一本正经:"是不是玩笑,不久便见分晓。你放暑假了,马上要回中国,一定会回天津静园去看你那皇兄吧?"

溥杰点头,那当然,人之常情嘛。

吉冈安直有一句话，请他捎给皇上哥哥。

溥杰不知他有什么话要捎。

吉冈安直的话里充满玄机和暗示，他认为张学良现在闹得太不像话了，又是排日又是易帜，日本方面很失望。满洲最近也许就要发生点什么事情，务请皇上振作精神，多多保重，他不是没有希望的。

发生点什么事情？不是没有希望的？这是什么意思？又与皇兄有何关系？溥杰颇感惊异，就说听不懂吉冈少佐的话，可否明示？

吉冈安直讳莫如深地笑笑："天机不可预泄。"

溥杰若有所思地想想，似乎有几分明白。在日本读书期间，那些激进的日本同学经常集会，那么奇怪地关注满洲，他隐约意识到了日本人的野心。吉冈安直花钱请他，出手这么大方，会没有官方背景吗？莫非他们想把哥哥再抬出来龙袍加身？恢复大清祖业，这可是多少前清遗老遗少们的梦啊，更是溥仪耿耿于怀的情结。一想到这，溥杰的心狂跳不止，他小心地问："这不是吉冈少佐自己的意思吧？"

吉冈安直也不讳言："当然不是，肯定是有来头的，不然，你我素昧平生，我怎么会招待阁下？"

吉冈安直随后拿出一把题字的折扇递给溥杰，让他把这区区小礼送给他的皇兄。

溥杰接过扇子，打开，只见扇面上题了两句诗："天莫空勾践，时非无范蠡。"

字写得一般,意思却到了,含沙射影,用典精确。溥杰更加惊异:"日本也知道越王勾践卧薪尝胆的故事吗?"

吉冈安直点头:"当然,日本人熟知中国历史也许并不逊色于你们。日本也有一个勾践式的中兴复国人物,就是醍醐天皇,你听说过吗?"

溥杰更加惊诧乃至感动了,他觉得,心上像有一股久违了的暖流通过,麻麻的、痒痒的,他差一点要称日本人为再造大清的恩人了,这话还是留给皇兄去说好了。

廿七

太阳落下山冈,只留下一片暗紫色晚霞在天边。洮南铁公所门前很静,只有一只瓦数很低的电灯泡萤火虫般亮着。铁道上停着一辆甩弃的守车,不知哪个缺德的人在车厢里拉了一摊稀屎,让植松菊子恶心。此时她就藏身在守车里,拿出一个包在苏子叶里的饭团子,她在守车里藏一天了,饿得前腔贴后腔了,顾不得跟前的稀屎,捏着鼻子吃饭团,边吃边盯住铁公所。

　　她冒险来救车玉堂,除了跟他有感情外,还觉得对不住他。事后想,甘粕正彦为啥非抓车玉堂不可?他没证据呀!还不是植松菊子说走嘴了,给车玉堂惹了祸,使甘粕正彦认定车玉堂有嫌疑。她好后悔,干嘛要把车玉堂说的"不该知道的别问"这句话告诉甘粕正彦?这不正好说明车玉堂知道那"不该知道"的秘密吗?植松菊子真是连肠子都悔青了。

她发现,一个人打开一间有锁的门,提着食盒进去,少顷出来,又把拳头般大锁重新锁上。她估计,车玉堂肯定被关在这间屋子里。

植松菊子吃饱了,天渐渐黑了,大概正是开饭的时候,看守也离开了。时机已到,她跳下守车,向铁公所蹭过去,在一间灯火通明的窗下站住,向里张望。她看见了甘粕正彦,他正招待一伙人喝酒、吃烤羊肉。

听甘粕正彦说:"抓住车玉堂,大家都有功,明天叫车玉堂指认了烧尸现场,照了相,然后把他绑着带回旅顺,中国人杀害日本良民的人证、物证全有了。"

坏了,难道车玉堂招供了?植松菊子心里一激灵,这么说失踪的日本人真是被屯垦军杀了,车玉堂也参与了?她猜想,一定是动了大刑,不然车玉堂绝对不能说。不管怎样,车连长对自己知冷知热的,有感情,到了这地步,就得救他。

她悄悄靠近有锁的房间,铁门栓有大拇指那么粗,扭不弯,撼撼大锁,用榔头怕也砸不开。

她来到窗下,推一下窗扇,也是关紧的。她用带来的一把杀猪用的侵刀插到两扇窗中间用力撬。

声音惊动了正在吃饭的车玉堂。原来车玉堂手虽能端碗,身子却仍被绑在椅子上。他从玻璃镜看到了是植松菊子在撬窗户,就扔下汤碗,全身用力,带着椅子蛙跳般地向窗下移动。

"吱嘎"一声,窗户启开,植松菊子回头看看,幸喜周围无人,就跳了进去。车玉堂叫了声:"菊子!"立刻泪如泉涌,想不到她这么有情有义,又有胆量。

植松菊子"嘘"了一声,马上用侵刀替他割断绳子,探头窗外,依然无人,看一眼遍体鳞伤的车玉堂,问道:"你能行吗?"

车玉堂说没事。

植松菊子便拉着车玉堂往窗外跳,车玉堂身上有伤,行动不利索,落地时狠狠摔了一下,疼得直咧嘴。他挣扎着爬起来,两人迅速越过铁道,消失在桦树林中。

两人穿过桦树林,又过了一片塔头甸子,白亮亮的沼泽地几次差点把他们陷进去。他们浑身都湿透了,走了一宿,好歹发现了老林子里有一处猎户木屋,植松菊子叫了一声"阿弥陀佛",一屁股坐到地上,车玉堂也瘫坐在树下,都喘不过气来了。

三角形木刻楞房子坐落在密林深处,安全没问题,日本人找不到这里。车玉堂分析,这里离国境线不远,是军事禁区,日本人不敢贸然闯进来搜山。

幸好植松菊子随身给车玉堂带了香烟、火柴。他们在林子里拣了些干树枝,点起一堆篝火烤干衣服。植松菊子又把从红松下拣来的松塔扔在火中烧,发出"噼啪"的爆裂声,松鼠吃剩下的松塔里还真有些残余的松子。

车玉堂用树枝拨拉出一颗,摔出几粒松子,抓起来,吹吹灰,嗑开一个,剥出松仁,送到植松菊子嘴里:"吃吧,解饿!野猪、黑瞎子最爱嚼松子了。"

植松菊子苦笑:"咱们也快成野猪、黑瞎子了。"

车玉堂点起烟来大口吸着说:"我得感谢你,救了我一命。你比爷们还爷们!"

植松菊子说:"你不恨我就行了,我若不说走了嘴,你也不会吃这个苦。"

车玉堂听她说了经过,苦笑:"你也不是故意的,唉,狗肚子装不下二两香油,我酒后失言,就那么一句,你就给我卖出去了。"

这不是还不肯原谅自己吗?植松菊子觉得很内疚,就一劲儿说对不起。

车玉堂抚摸着植松菊子的小胖手说:"你不用往心里去,这也算不上出卖我。我自己也是个孬种啊,哪有脸说别人!"

孬种?这话什么意思?难道车玉堂果然当了软骨头?

车玉堂也不瞒她,说了实情,他把如何审问日本探子,最后枪毙、烧尸灭迹的过程全都告诉日本人了。

植松菊子吃惊地瞪圆眼睛、张大嘴巴,不认识似的望着车玉堂,在她心目中,车玉堂是一条硬汉哪。

车玉堂发现了她的表情,就问:"你看不起我?"

植松菊子摇摇头,还是挑一句轻的话说给他:"你不该把实话告诉他们。"

车玉堂长出了一口气:"大刑一上,谁挺得过去?"他忽然觉得很自愧,自己不是连个娘们都不如吗?白吃三十多年咸盐了。

植松菊子说:"你们屯垦军也不对,就算中村大尉干了不该干的事,你们也不该杀了他呀!他死了,老婆守寡,孩子也没了爹呀!"

车玉堂说:"你到底是日本娘们,还是向着日本人说话。"

植松菊子真的生气了:"放屁!我若向着日本人,就不来救你了。"

车玉堂轻轻抽了自己一个嘴巴说:"该打,我跟你说着玩的。没你救我,我不可能活着出来,我们杀了他们四个人,一命抵一命,还不拿我祭刀啊!"

植松菊子叹口气:"感谢话就别说了,现在咱们怎么办?也不能在山里当野人吧?"

车玉堂垂头丧气,能怎么办?现在是有家难奔、有国难投了。如果屯垦三团知道他把"中村事件"的机密供出去了,还不给他个"大粒丸",一枪毙了他?

植松菊子说:"你不说,他们怎么知道你当过一回孬种?"

车玉堂苦笑:"傻娘们!雪里埋死孩子能埋几天!日本人是省油的灯啊?他们肯定拿着我的口供去找我们的人算账,我还敢回去?找死呀?"

植松菊子低头想了一会儿,说:"若不,你跟我回日本吧?我教你学日本话……"

话没说完,车玉堂没好气地打断她:"你还嫌我不够汉奸哪?"

"你这不是把人家的好心当驴肝肺了吗?"植松菊子更来气了,就反唇相讥说,"你以为你不够汉奸哪?那杀死中村大尉的口供是谁供出来的?"

车玉堂忽然暴怒了,一脚把火塘里的柴火踢翻,上去打了植松菊子一个耳光,吼道:"你这个贱娘们,你给我滚!"

这突如其来的震怒吓了植松菊子一跳,她说了句你疯了,随后就哭着边抹眼泪边往山下走。

车玉堂呆愣半晌,又追过去,在一片松林里,他抱住植松菊子求饶:"是我不好,你打我一顿吧。"

植松菊子赌气甩开他,仍夺路要走。

车玉堂流泪说:"你别跟我一般见识,我混蛋!"说着跪在她膝前左右开弓打自己的嘴巴。

植松菊子又心软了,不再挣扎。车玉堂把她揽在怀中,说:"原谅我,我是个小人,我现在真的里外不是人了,连条狗都不如。"

植松菊子坐在一棵长满青苔的风倒木上,心里像打翻了五味瓶一样,一时说不清是什么滋味。

两人相对无言地沉默了好一阵,车玉堂跟跟跄跄地往山外走。

植松菊子问他:"你上哪儿去?"

车玉堂说:"还能上哪儿?我回屯垦三团去,该杀该关我认了。"

植松菊子忽然凄怆地喊了一声"不",然后跪在草丛中号啕大哭起来:"你这个没人心的,你先杀了我再走!"

车玉堂又心软了,站在那里发呆。他真的不知道自己该怎么办,天下这么大,却没有他容身之地了。

廿八

几条轮船停在泊位上,上船下船的旅客熙熙攘攘,显得旅大港十分繁忙。

这里曾是俄国的关东州,1899 年俄国人强迫清政府签订《旅大租地条约》后,俄国太平洋司令杜巴索夫成了关东州首任行政长官,开始大规模兴建俄式建筑。好景不长,六年后,俄国人在日俄战争中惨败,关东州成了日本人的猎物。于是包括大和旅馆在内的许多日式建筑又成了这座海港城市新的风景。

此时的旅顺、大连,与东北其他地方不同,是日本直辖的州,所以军界很多见不得人的勾当都在这里进行,连掩人耳目都免了。

拥挤的旅客人群中,穿和服、操日语的人相当多,流荡的音乐也是北海道民歌的旋律,几乎与日本的港口无异。

提着皮箱的史践凡出现在码头上,她刚坐奉天票车过来。她有些凄伤,去日本的"札幌丸号"泊在岸边,正在上货,还没剪票,她俯身在栏杆上,呆望着海景出神。

忽然有人拍了她一下,史践凡一回头,竟是西装革履的川岛芳子。

史践凡说不上是高兴还是沮丧,怔怔地看着她。

川岛芳子问她:"你回国也不见我面,我去找你,碰你老爹一鼻子灰。"

史践凡搪塞地说:"你是萍踪不定的人,我也不知道你是在奉天,还是在大连,上哪儿去找你。"

川岛芳子揶揄地:"是你失掉了人身自由吧?昨天我去你家了。"

史践凡佯装不知:"是吗?我怎么不知道?"

现在提起来,川岛芳子还有点悻悻然:"吃了闭门羹,叫你父亲赶出来了。你父亲是个不可理喻的人,若不是看在你的面子上,我会给他点颜色看的。"

史践凡应付地说了声对不起……

川岛芳子说:"你没必要代他道歉,他是他,你是你。你这是怎么了?要回东京去吗?"

史践凡点点头。

川岛芳子说:"先别回日本了,跟我去趟天津,散散心,从天津登船回日本,更方便。"

史践凡犹豫着:"不了,耽误太多课不好。再说,我好不容易买到三等舱票。若坐统舱可惨了,那味儿我就受不了。"

川岛芳子笑道:"买什么三等舱啊?咱们从天津回日本,坐头等舱,怎么样?"

史践凡心里一动,问道:"你真是天马行空啊,你去天津干什么?"

川岛芳子显得很神秘:"不该问的别问。有一点是明确的,我干的事情,全是关乎日本帝国生命攸关的大事。"

史践凡一笑,觉得不妨跟她去趟天津,说不定又会掌握新的秘密。

川岛芳子说:"你不信?走,我叫人给你退票,补一张天津的票。咱们先到樱之韵酒馆去喝一杯,在这站着干嘛,像个流浪者似的。"

她们走进面临大海的樱之韵酒馆,老板娘正在播放《拉网小调》唱片,酒馆里摆设、食物都与在日本无异。

川岛芳子没点清酒,却点了两杯马提尼甜酒,要了盐烤鱼、炸鱿鱼洋葱圈,还有米素汤、肉松寿司。

呷了一口酒,她突然问史践凡:"听说,你父亲是太平洋会议的代表?"

史践凡说:"大概是吧,我才不关心他的事。"

川岛芳子笑起来:"这可是了不起的头衔啊,中国四万万人,才有三个代表。太平洋会议为什么连续两届都在日本开?日本是太平洋周边国的轴心。你父亲宣讲的是什么论文啊?"

史践凡说她不知道,也根本不关心。

川岛芳子很有几分懊悔，她今天才从关东军那里知道史籍、阎宝航是太平洋会议代表的事。若早知道，她就会施展一下身手，对阎宝航，她不敢有什么奢望，最近她才得到情报，这人居然有CP（共产党）的背景，怪不得他那么激进！争取这样的人，她是不抱希望的，但对"书呆子型"的史籍来说，就容易施加影响。

她挺后悔，不该把那些人们认为有伤风化的照片交给一个史籍，去刺激他。她上次虽吃了闭门羹，也不该从此不登门，人怕见面，树怕剥皮，有史践凡这层关系，她有自信，会有收获。假如作为中国代表的史籍在太平洋会议上替日本人说话，那该多么轰动，这是有可能的吗？川岛芳子不认为世界有什么不可能的。她此时灵机一动，决定马上乘快车返回奉天，乘会期还没到之前，把史籍抓在手中。

且不说她有多么盲目自信，她连会议日期都没弄准，等赶到奉天一打听，史籍已经出发了。川岛芳子头一次这么沮丧，却没有表露出来，照常拉着史践凡去天津完成使命。

此时史籍和阎宝航已经到日本两天了，他们顾不得休息，也没心思看风景，躲在旅馆里又把讲演稿和文件从头到尾梳理一遍，他们认定，这次会议可能是中国人最扬眉吐气的一次。

会议照常在日本西京召开，开幕这一天，各国代表们步入悬挂着各国国旗的会场，会场横额上写着"the Institute of the Pacific Relations"这样的会标。

阎宝航和史籍等中国代表来得很早，就守候在会场入口处长桌后,把桌上的文件发给每一个进入会场的人。

那些代表边走边看已译成英文的文件,大标题是《请看日本企图灭亡中国的〈田中奏折〉》,再看另一份,更令代表们惊骇,原来是《解决满蒙问题的方策大纲》。

一时,或就席或站立的各国代表哗然,交头接耳。

史籍抑制不住内心的喜悦,小声对阎宝航说:"会议肇始,便掀起轩然大波,让东道国狼狈不堪。看,日方代表入场了,也发给他们一份吗?"

阎宝航点头:"当然,一视同仁嘛。"

史籍看看名册,日方首席代表叫松冈详佑。阎宝航见过他,此人汉语流利,你简直听不出是日本人,他在东北当了多年的满铁总裁,上次太平洋会议他也参加了,老对手!

松冈详佑迈着八字步气宇不凡地走来,一边向阎宝航、史籍颔首致意,一边签到。忽然发现史籍在分发什么,就问:"是会议资料吗?"

史籍口气是揶揄的:"松冈详佑先生应该不会陌生的,这是英文译本,先生要一本吗?"

松冈详佑疑惑地接过两份文件,马上看标题,霎时脸色大变,他气急败坏地吼道:"这是捏造!我抗议,你们这是对大日本国的污蔑和挑衅。"

他这一喊,后进场的各国代表都围过来,连进了场的人也又涌出来看热闹。

阎宝航不动声色地说:"松冈详佑先生稍安勿躁,你如果有权代表你的政府出来承担责任,你在大会发言时有解释权,如果你没得到授权,你和每个代表一样,只有听会权。"

松冈详佑蛮横地要带领日本代表退场抗议,扬言取缔太平洋会议。

这话惹怒了各国代表,纷纷指责:"这叫什么话!""这太不平等了!""有理讲理嘛!""日本退会又有什么了不起!""太平洋会议在日本开,并不等于被日本人把持!"

阎宝航道:"松冈详佑先生,日本只不过是太平洋会议的开会地点,像中国上海也曾开过一届一样。大会并没有赋予日本任何特权。你可以罢会、退场,但你无法阻挡阴谋的败露,更无权取缔会议。"

松冈详佑一时哑口无言。

阎宝航说:"先生还可以像上次会议那样辩解嘛,我说满铁是侵略中国的工具,你说那是日本对中国的友谊、是恩赐。各抒己见,让大家来评论。我还是希望你坐下来,好好看看这些文件,田中义一这份对华政策纲领,一开头就公然将中国划分为'中国本土'和'满蒙',并且说东北对日本生存有重大利益关系,政务次官森格更露骨,说'使满蒙脱离中国本土,置于日本势力之下,由日本参与该地主权',这真是强盗逻辑。先生想说话,还是打打腹稿,想些有说服力的理由为你的政府做一点哪怕是苍白无力的辩护。"

外国代表中掀起一阵奚落的笑声。

史籍说:"再看你们6月份的《解决满蒙问题方策大纲》,八条的核心是在一年内,以东北反日为借口,出兵占领,这是武装侵略中国的纲领性文件,也可以称做是阴谋书,我不知松冈先生怎样辩白!"

松冈详佑下不来台,把两份文件狠狠摔到地上,扭头就走,走了几步又踅回来,拾起文件,匆匆下楼去了。

他身后是一阵笑声。

一连几天会议,阎宝航和史籍都觉得痛快,日方代表松冈详佑竟托病逃会,只派了个助手参会,在外交上是很丢人的事。

会期已接近尾声,回国前夕,阎宝航刚刚洗浴完,正在换衣服。史籍在收拾衣物装箱,他兴奋地说:"太痛快了,身处弱国,能在国际会议上制强梁于死命,太解气了。"

阎宝航到底比史籍更懂政治,口水战毕竟要让位于军事,我们只是表现一点民族尊严而已。

后天就要打道回府了,两人商议要去浅草买点日本特产带回去。

史籍没等答话,黎明突然进来,神情紧张:"快收拾东西,快走!"

史籍问他干嘛这么慌张?出了什么事?

阎宝航已经意识到了什么,猜到是日本浪人要寻衅报复。松冈详佑一定是黑手。

据黎明说,详情他并不知道。是一位日本朋友来透的信,因为史籍、阎宝航二位在国际会议上散发了《田中奏折》,一夕会、樱会的人恨之入骨,大川周明已派人来刺杀他们,黎明催他俩快走,再迟就走不了啦。

史籍上来倔劲儿了:"岂有此理!他们不是标榜'文明之邦'吗?我倒想要看看,他们怎样丢掉最后一块遮羞布!"

阎宝航说:"得了吧,我的老夫子,快走吧。黎明,我们能躲到哪里去呢?别连累了你呀!"

黎明告诉他们,头山满先生派车来接他们了,是住到头山满公馆里去,这等于进了保险柜。

头山满?他不是黑龙会的头子吗?在史籍印象里,这也是个黑帮组织。

阎宝航知道点底细,并且与他有一面之交,当年孙中山先生流亡日本,组建同盟会的时候,没少得到他的同情、资助,若不是这样显赫的人物,谁敢庇护他们?

他们收拾好东西,匆匆出门。

廿九

林久治郎匆匆赶到奉天特务机关总部,甘粕正彦和坂垣征四郎正在等他。这是一次紧急会商。甘粕正彦刚从兴安屯垦区回来,汇报了北满之行的全过程和成效,最后说:"虽然叫车玉堂跑掉了,可口供录了下来,一样是铁证。"

坂垣征四郎并不兴奋,没有活口,就不能算铁证。

甘粕正彦承认自己大意了,他没想到,是该死的日本女人帮助他逃走了。

林久治郎出来打圆场,这些口供也很有力了,他表示,马上出面约见辽宁省主席臧士毅,他受命代表中方与日方交涉。日方不会妥协,要他们立即交出关玉衡等凶手,提出日方的惩办条件。

坂垣征四郎觉得林久治郎这人好呆,居然真想通过正常外交途径解决!就用讥讽口气说:"总领事先生想让他们道歉谢罪、赔偿,保证不再发生类似事件吗?"

林久治郎很感意外:"我是外交使节,奉外务省指示行事,这有什么不妥吗?"

坂垣征四郎看了甘粕正彦一眼,欲言又止。

甘粕正彦对林久治郎道:"那好,总领事先生去履行你的职责吧!"

林久治郎便站起身往外走,说了声:"有吩咐可随时打电话给我。"

他走后,甘粕正彦说:"这家伙好可爱呀!外务省应该改叫无能省、弱智省。处处掣肘!"

坂垣征四郎冷笑:"你真的以为币原喜重郎与咱们的国策有什么两样吗?"

甘粕正彦说:"你的意思是,他们是怕我们军方独揽全功?"

坂垣征四郎点头:"这是要害。笑话,通过抗议、谈判,能把满洲划进大日本舆图里吗?没有当年的甲午海战,台湾和朝鲜会是我们的吗?没有乃木大将领兵血战,南满铁路、关东州会是日本的吗?"

甘粕正彦从来就这么看,强权就是真理。

坂垣征四郎问他哪天去天津,另外的使命正等着他呢。

这件事交代完毕,甘粕正彦就准备动身。上角利一和川岛芳子已经奉命出发了,川岛芳子负责沟通、说服婉容皇后,他和上角利一策动宣统皇帝出关,让他尽快来东北。

坂垣征四郎说:"好,你们要跟上。你知道,船到桥头自然直,一旦占领满洲,为防止西方各国干涉,我们必须分两步走,先把满洲从中国分裂出来,另立国家,把溥仪扶上台。这样,就可以诏告天下,我们并没有吞并满洲,仍然是一个中国人在统治他的龙兴故地。"

在满洲扶植傀儡粉墨登场,甘粕正彦才是始作俑者,但他没必要争功,给人的印象,好像也是坂垣征四郎的发明,自己反倒在他面前称赞这一手高明,实在是英明国策,并表示会抓紧推行。

坂垣征四郎很满意地说:"你可别拖关东军的后腿呀!"

甘粕正彦有几分神秘地问:"这么说,马上要动手了?"

坂垣征四郎只是一笑,笑得很含蓄,他说:"你晚走两天吧,天津的事毕竟不在乎早一天晚一天。还有一个行动小组要开会,成员有你。"

甘粕正彦答应了。

林久治郎离开特务机关大楼,马上驱车去辽宁省主席臧士毅官邸。按军方的意思向臧士毅出示了中国屯垦军杀害中村震太郎的证据,表达了日方的抗议。他只用了五分钟就告辞出来。他很满意,因为臧士毅答应马上报告在京的少帅,给日方一个满意的答复。

臧士毅例行公事出来送客,站在玄关下,他替林久治郎拉开车门,把林久治郎送上汽车,林久治郎已一脚跨进汽车了,却又下来,觉得方才臧士毅的承诺太笼统,进而对臧士毅威胁地说:"'中村事件'可是个火药桶,你不是怕日本关东军出兵吗?那你就自己解决。"

臧士毅唯唯,表示可以考虑按日方要求办,拘捕屯垦三团团长关玉衡等人。

林久治郎满意了,这才上车绝尘而去。

臧士毅返身往楼里走,站在门口的边防军参谋长荣臻埋怨他,怎么能承认果有其事?又要抓人?

臧士毅说:"证据确凿,赖不掉。人家连怎么杀、怎么浇汽油焚尸都掌握,谁让咱出了这个姓车的败类连长呢!"

荣臻不无担心,日本人无理还搅三分,更怕他得理不让人啊!

臧士毅感到棘手,又没法子,孩子哭抱给他娘,谁敢做这个主?他回到办公室,马上要通北京电话,向张学良报告了这一切。

张学良昨天发来的电报也讲明白了,生怕事情恶化。日方态度如此强硬,又握有证据,少帅才不得不再下指示,叫他们"圆满公正解决",怎么叫"公正"?怎么才"圆满"?都是语焉不详,模棱两可,臧士毅一筹莫展。好在他答应抓人,却没说期限,能拖就拖,尽量别动武就好。

荣臻担心这么一再退让,恐日本人得陇望蜀。

臧士毅揣摩张学良的意图,也是想大事化小、小事化了,不想因一次"中村事件"引起战争。不然不会特别委托日本顾问柴山谦四郎专程回东京,向军部转达和平解决愿望。

荣臻觉得答应拘禁关玉衡团长,这也太过了,关玉衡毕竟是为国除奸,能把他交给日本人处置吗?

你不动点真格的,日本人就要兵戎相见。少帅又明令,绝不可诉诸武力。臧士毅还能有什么招数?这也是权宜之计。他催促荣臻还是赶快行动的好,马上派宪兵到兴安屯垦区去拘捕关玉衡,先别多抓人,有一个顶罪就行了。

荣臻无奈,只得答应派宪兵司令陈兴亚去执行。可抓来了怎么办?他反对交给日本人处置。

臧士毅苦笑,不交给日本人处理,等于没抓,能消灾吗?交了人,也就满天云彩全散了。

荣臻坚决反对,表示要请示少帅,我们有军事法庭,军人有罪,只有军法惩处,断无交给日本人之理。

臧士毅只是临时受少帅委托处理此案,也不愿多管,这哪是讨好的差事?他见荣臻口气这么硬,就说:"那,我这文官就管不着这段了。若不是辅帅张作相回锦州奔父丧,我才不揽这扎手的差事呢。"

下达命令的第二天,荣臻被东北宪兵副司令李香甫请到家中。

荣臻带勤务兵进入客厅,说:"有什么机密事,不能在办公场所谈,非跑到你家来?"

李香甫看了一眼荣臻身后的卫兵,荣臻明白了他的意思,对勤务兵挥挥手,打发他们先到门外去。

李香甫关上门,荣臻刚端起茶杯,李香甫向里屋说:"出来吧,见见荣参谋长。"

关玉衡从里面走出来。荣臻不认识他,看着李香甫正要发问,关玉衡立正敬礼:"报告荣参谋长,兴安屯垦军三团团长关玉衡晋见将军。"

荣臻看了李香甫一眼,疑惑不解,宪兵司令陈兴亚不是刚出发去兴安屯垦区抓人吗?怎么关玉衡就……

关玉衡说:"报告参谋长,职团给国家闯了乱子,特前来领罪,不需兴师动众去捉拿归案。"原来他是自动来到奉天接受军法惩治的。

荣臻心里想,倒是有军人风骨。不过,表面文章不能不做,他不能不板起面孔大加训斥:"你也太无视上级了,即便中村震太郎是十恶不赦的间谍,处死日本人,也应由国法惩处,你怎能擅自做主?你倒痛快了,你这屁股得多少人给你擦呀!"

关玉衡当然不会把张学良密令说出来,他说:"我不求赦免,我就是来投案自首的。不过,我也带来了日本间谍的全部罪证和审讯记录,有中村震太郎签字画押的。"

说罢,回到里屋,将一应罪证实物搬了出来,摆在地上一大片。

荣臻不能不赞叹这个青年军官有胆有识,他的脸色好多了,摆摆手,让他坐下,还把自己的香烟丢过去。

荣臻开始细致地察看违禁物,看口供。

李香甫心里有底,只要公开这些物证,日本人的嚣张气焰就会被打下去。

荣臻看完,十分兴奋,一拍大腿:"妈拉巴子的,叫小日本再狡辩!这回少帅不用睡不着觉了,我明天就约见林久治郎总领事,看他还有什么话可说?"

关玉衡见他站起身要走,趁机问,对关玉衡怎么办?叫他归队?

荣臻沉吟片刻,觉得那太招风,不妥当。

关玉衡起立说:"为了国家安全,把我交给日本人吧,我无怨言。"

荣臻很感动,站起来在他肩上用力一按,说:"那样做,你没怨言,可东北三千万同胞有怨言。你就先在李副司令家躲躲风头吧,该走过场上军事法庭时,你就出庭,你没错,妈拉巴子的,若把你交出去,我不是缺八辈子德,遭万人骂!"

关玉衡一时热泪盈眶。

卅

"中村事件"不但在关东军里发酵,日本军部也把它当成药引子了。正当他们弹冠相庆,准备出手时,由于关玉衡带来的证物的公布,一下子叫关东军惶惶不可终日。

这一天建川美次在私邸召集了紧急非常会议,冈村宁次、桥本欣五郎、东条英机等人被邀来议事,个个表情沉重。桌子上摆着很多报纸,却没人愿意再看。

建川美次拍着报纸,问诸君是否都看过报纸?

就在昨天聚会上,这些主战者还对"中村事件"欣喜若狂呢,桥本欣五郎说过,"中村事件"来得及时,光几个军人激愤没用,舆论厉害,现在国内舆论已经沸腾,等于是关东军的强大后援。《国民夕刊》最有创意,写得最有煽动性,它报道说,中国人为了劫掠中村一行人的钱财,见财起意把人杀死了,而且残忍地焚尸灭迹。东京《朝日新闻》上面还登了凶手车玉堂的照片、口供，标题就很醒目，称中国人是"魔鬼与畜生的行为"，这等于替军方下达了战争动员令。这两天，不断有民众聚在议会和陆军省门前，要求政府出兵雪耻呢。

桥本欣五郎都有点等不及了，9月28日，太漫长了，度日如年啊！有了"中村事件"，正鼓吹提前行动呢。

谁料到风云突变！

张学良在日本人公布车玉堂证词的第二天，在事先毫无迹象的情况下突然抛出了中村震太郎等人的间谍物证和证词，文字、照片，各大报同时见报，连英美报纸部转载了。这一下乱了日方阵脚，日本人先侵犯了中国主权，中国屯垦军除奸，这是无可指责的，国际舆论一下子变得对日方不利。

这一变故，是催生日本关东军新对策的直接因素。他们如丧考妣，想用更疯狂的行动来报复中国人。

他们迅速组建了柳条沟计划小组，这天的秘密会议，到场的有沈阳特务机关花谷正少佐、张学良军事顾问助理今田新太郎少佐、奉天宪兵队长三谷清中佐、东北边防军顾问矢畸勘十少佐、步兵二十九联队一大队长名仓桀少佐、中队长小野正雄大尉、独立守备队二大队副儿岛正范少佐、预备役大尉甘粕正彦、预备役田劲中尉、负责爆破的河本末守中尉，更引人注目的是制造过"皇姑屯事件"的河本大作也在场。

人都到齐了，肃穆而坐，屋中鸦雀无声。门开处，坂垣征四郎扶战刀雄赳赳昂首而入，众军官"哗"一下起立敬礼。坂垣征四郎大佐双手向下一压,大家又"哗"一声落座。

花谷正在长桌上铺了一块白绢,放上一把匕首。他面向膏药旗,笔直站立,在场的人"哗"一下起立。

花谷正说:"诸君都是经过挑选的帝国精英,肩负着大日本国兴亡使命,本职奉坂垣征四郎长官之命,组建特别行动小组,各位都是发动'满洲事变'的先锋,从今天起,以同志相称。"

众人齐呼:"大日本万岁,同志万岁!"

坂垣征四郎不动声色地坐着。花谷正第一个用匕首割破中指,在白绢上签名,随后众军官依次写血书。顷刻间,白绢上涂满血迹斑斑的名字。

坂垣征四郎站起身说:"原定利用'中村事件'发动军事打击,现在有了变化。中方把中村震太郎的间谍招供状公布于世,对我们很不利,但我们的脚步不能停下来。怎么办?'中村事件'不好用,就再制造一个事件!"

他要制造的事件还是炸铁路,让"皇姑屯事件"重演,然后指责中国军队挑衅。他已亲自选定了地点,靠近奉天北大营的柳条沟。爆炸后,以中国军队破坏日本南满铁道为由,立即攻打北大营,攻占兵工厂,占领沈阳城。随后他问:"听明白了吗?"

众人一声喊:"明白!"

花谷正随后发布具体实施办法,爆破就交给工兵爆破专家河本末守中尉。

河本末守立正:"效忠天皇!"

坂垣征四郎说:"我今天请来一位叱咤风云的人物为你壮行,请!"

河本大作应声上前,向坂垣征四郎敬礼。这位在三年前制造震惊世界的"皇姑屯事件"的"前辈",这个时候被请出来,自然意义非凡。

坂垣征四郎希望河本末守能像"皇姑屯事件"的河本大作一样青史留名。他说:"这也许是历史的巧合,被选定的柳条沟距离皇姑屯也就几公里远,你们又都姓河本。你要记住河本大作的一句名言,河本君,请你告诉他。"

河本大作像是在机械地背诵:"能利用要利用足,不能利用的干脆消灭,强权胜过天下所有真理。"

河本末守当即复诵了一遍。

日本法西斯的步伐在加快,"九一八事变"前,两年间关东军举行了八十七次针对沈阳、北大营等军事目标的演习,坂垣征四郎先后组织多次"参谋旅行"。1931年8月20日,号称"强硬派"的本庄繁就任关东军司令官,下车伊始就叫嚣:"为变日本成为一等强国,必占我三十年经营之满蒙,使其与我朝鲜、内地打成一片。"随后,他在坂垣征四郎和石原莞尔陪同下赶往辽阳。

这里驻扎着多门师团、独立守备队,多门中将师团长和独立守备队森连中将陪着关东军司令官本庄繁检阅部队,一队队骑兵、炮兵、步兵走过检阅台前,步伐齐整,口号响亮。

当过天皇侍从长的本庄繁大将始终一个姿势,身子笔挺,左手扶战刀,戴白手套的右手举在帽檐上。

他身后,石原莞尔用眼睛余光看着身旁的坂垣征四郎,悄然问:"我们力荐军部派他来统率关东军,不会让我们失望吧?闲院宫亲王好像说过,本庄繁有点缺乏策略头脑。"

坂垣征四郎说:"同样是闲院宫亲王说的,在战略上,他是非常杰出的悍将。有威望、能服众就够了,其他,有我们呢!"

唯一让他们担心的是本庄繁有无担当一切的勇气。

检阅完毕,本庄繁转身对石原莞尔和坂垣征四郎笑笑:"我知道你们二位很辛苦。"

多门二郎中将说:"他们堪称关东军'双杰'。"

坂垣征四郎突然发问:"将军,万一发生'满洲事变',您是选择独断专行呢,还是向国内请示?"

本庄繁看了多门二郎和森连一眼,答道:"若属于我的权限,我将义不容辞地承担责任,即使被看做是个人独断专行!"

坂垣征四郎与石原莞尔相视会心地一笑,这就够了,你还要求他怎样露骨?

在这非常时期,关东军每一个行动都牵动着东京敏感的神经。

在本庄繁辽阳阅兵后的次日,币原喜重郎外相脸色凝重地匆匆赶到首相府。若槻首相把他让到沙发上,问他:"你的脸色告诉我,将有不幸发生,是这样吗?"

币原喜重郎外相递上一份绝密电报,关东厅刚得可靠消息,林久治郎也有类似报告,以坂垣征四郎为首的关东军少壮派军人,已经谋划完毕,将在9月28日动手,发动"满洲事变"。

若槻首相一边看一边说:"这还了得?在我们还完全没准备好的条件下,这等于玩火,会毁掉日本的。你采取措施了吗?"

币原喜重郎已给林久治郎发电,要求他约束在满洲的日本浪人,不使这些危险分子参与军方行动。至于关东军,那可不是外务省力所能及的呀!

若槻首相垂下目光暗淡的眼睛,略一沉思,说:"有,聊胜于无,尽到责任吧。叫林久治郎再次劝阻坂垣征四郎,不要轻举妄动。"

币原喜重郎外相很为难,林久治郎怎么劝得了!他建议是不是请闲院宫载仁亲王和西园寺公望出面?在当今,唯有他们二位的话在天皇面前有分量。

若槻首相沉吟良久,也只能说试试吧。

在东北,坂垣征四郎也在加快步伐。这天,他在大连乌森升田屋料理店招待一位大佐军衔的人吃饭,他是朝鲜驻屯军高级参谋神田正种,石原莞尔作陪。

今天吃的是少见的怀石料理,这在日本本土也不多见,属于贵族式消费。神田正种只知道这是与茶道有联系的正餐,只知道上的纳豆、铁板烧章鱼、寿喜烧特别可口,连腌黄萝卜小菜都好吃,却不知为什么叫"怀石餐"。坂垣征四郎告诉他,怀石料理源自中世纪镰仓、室町时代,那时的禅僧只能吃早、午两餐,下午以后忌食。年轻的僧人受不了挨饿的滋味,就用布包裹着烧热的石头,抵在胸口以御饥寒,后来习惯改了,又有了晚饭,也就取名叫"怀石餐"了。故事归故事,怀石料理还是会让人大快朵颐的,当然也奇贵无比。

神田正种是那种嘻嘻哈哈的人,大肚子、双下颏,一双眼睛只是一条细缝,像个胖陀螺,长相滑稽,特大号军衣穿在他身上都显得捉襟见肘。他是坂垣和石原陆大的老同学,念书时学业不好,但讲义气,以帮人打架见长。

他举着酒杯问:"这酒不白喝吧?代价太大,我可不干。"

石原莞尔笑:"你怎么变精明了?义气哪里去了?"

神田正种说:"我得对得起这顿怀石料理,有事请讲。"

坂垣征四郎便实话实说,谁都知道,神田正种是可以左右林铣十郎师团长的人,一旦发生"满洲事变",他们希望第十师团立即从朝鲜越境参战,至少先派两个联队,包括飞机、炮兵。间岛那边,会派甘粕正彦去策应,包括发动朝鲜人暴动。

石原莞尔解释,从国内调兵,毕竟太远了。发动事变,至少得具备两个条件,一是满铁总动员,这已不成问题,满铁总裁内田康哉已经拟定了"非常时期交通计划"。第二就是朝鲜驻屯军的越境支援了。

神田正种嘻嘻哈哈地问:"给我什么报酬啊?我不能白干吧?总得糊口、养活老婆孩子吧?"

坂垣征四郎说:"你别来这套,升官发财不用我许愿。我答应给你美女,这是你的偏好呀!"

石原说:"你看他肥的,怕是干不动了吧?"

神田正种望着坂垣征四郎、石原莞尔两人淫笑:"小看人!天下美女我都不要,我只要大明星山下幸子,行吗?"

山下幸子是东映最红的明星。石原莞尔看了坂垣征四郎一眼,忙给神田正种递眼色,附耳小声说:"别胡来,你不知道山下幸子是坂垣的情人吗?"

神田正种是故意的,他不但知道山下幸子与坂垣征四郎的风流韵事,还知道此时这位红星就在大连。

坂垣征四郎咬着嘴唇沉吟片刻,仰脖喝干一杯酒,"咚"一声墩下杯子:"不就是一个女人吗?给你,今晚上就归你。"

石原莞尔怕闹僵,就劝道:"别说醉话,山下幸子可不是歌舞伎,不好随便送人的。"

神田正种也赶紧说是开玩笑。

坂垣征四郎红着眼睛吼道:"我可是认真的。山下幸子归你,到时候第十师团出不出兵?"

神田正种也把胸脯拍得嗵嗵响:"不出兵,你一枪毙了我!"

卅一

被冯玉祥逐出北京紫禁城的废帝溥仪,已在天津静园当了多年寓公。随着时光的流逝,复辟的希望越来越渺茫,大清中兴的噪音也渐趋消退,溥仪虽然依旧锦衣玉食,照旧有一群遗老遗少围着他转,每天请安,仍把他当皇上供养,可他不开心,皇帝梦不是那么容易醒的。

幸好撤离紫禁城前夕,溥仪下手果断,他把乾隆爷倾一世心血收藏的珍宝、字画、古玩装了满满七十多大箱偷运出宫。他的盗宝方法是以"赏赐"方式进行,在中国独一无二。那时他预感到紫禁城落日即将到来,就以赏赐的名义,把国宝分批赏给溥杰,总数竟达一千八百多件。溥杰那时在宫中上学,每天放学都会抱着一个大包袱出宫,再转移到天津英租界藏匿。

到了天津,闲来没事,溥仪就搬出这些国宝赏鉴、把玩,这是他唯一的精神寄托。他常常将文物、珠宝一件件拿出来欣赏,其中有田黄石玉玺、松花砚、青铜器,也有官窑粉彩美人肩瓶、珍贵的元青花瓷,还有黄庭坚、苏轼、赵孟頫的字画……

这天,溥仪又到西二楼库房中看宝,胡嗣谖叫人打开所有的灯。

地中央摆着好几口大木箱,胡嗣谖、刘骧业几个人满头大汗地打开那些笨重的箱子,他今天展玩的是乾隆皇帝题了御款"山阴逸兴"四字的《观鹅图》。这是元代钱选的画作,溥仪很愿意仿效列祖列宗豪兴大发,在这些字画上钤印、品题一番,至于是不是续貂他根本不管。

八十多岁的帝师陈宝琛进来,看一眼摆了满地的东西说:"回主子,溥杰从日本回来了,要晋见皇上。见不见?"

溥仪告诉他,见可以,可千万别带这来,叫他到外书房去候着。除了几个亲信,溥仪从不准别人染指这些国宝,包括帮他盗宝的兄弟。

陈宝琛"嗻"了一声退出去。

溥仪的外书房完全是西式的,从室内装饰、灯饰到珐琅自鸣钟之类的摆设,全是洋货。溥仪进来时,溥杰像从前在皇宫里晋见主子一样行了叩拜大礼,然后坐到西洋沙发上,详细地禀报了在鹿儿岛与吉冈安直少佐的会见始末。

先时溥仪反应冷淡,本来孤僻多疑的个性,在出宫后更加严重,他轻易不相信任何人,总怕被别人暗算。他觉得天下人都想谋害他。对西洋人、东洋人就更多一层防范了。当年大清江山风雨飘摇的时候,那些从前从祖宗手里捞够了好处的列强,哪一个肯为他两肋插刀,助他一臂之力?

但他的业师陈宝琛提起了一桩往事,认为日本人此来未尝不是"报恩"。

报恩?陈宝琛显然指1923年日本关东大地震时溥仪慷慨捐献赈灾的事。陈宝琛正是这个意思。那时节已临近溥仪被冯玉祥彻底赶出紫禁城并废除清室优待条件之际,也许是出于讨好东洋人,也许为了表示他悲天悯人的情怀,反正他一次捐出许多金银、珠宝,折成七十万大洋,而那时政府捐款才二十万。七十万是个什么概念?陈宝琛脑子好使,对物价记得清,据他说,当时米市上一块钱可买四十斤白米,折算一下,溥仪的善款足可以买两千八百万斤粮食,这可不是个小数目。

投桃报李,人之常情,难道是日本人念旧,才来拉他一把的?

这么一想,溥仪兴奋起来,他反复把玩着吉冈安直送的那把折扇,扇面的题词不是暗示他可以东山再起吗?吉冈安直话里有话呀!这个吉冈先生显然不是个人行为,一定有背景,难道日本人真的有意助他一臂之力,让溥仪恢复祖业?他让老师陈宝琛帮着分析。

陈宝琛接过扇子一边看一边答,这扇面题诗,是再明显不过的暗示了。不免恭喜他的皇上,这些年没白卧薪尝胆,总算要时来运转了。

溥仪又有几分狐疑,连他这个在静园里醉生梦死的废帝都知道,《田中奏折》就是冲着满洲去的,日本人久有觊觎满洲龙兴故地之心,他们一旦占领了满洲,独吞不是更好？干嘛要尊他溥仪为帝？

溥杰回国的一路上也翻来覆去地想过。日本人当然更愿意独吞东三省,除非是心存疑惧,怕列强干涉,如果英美法联手反对日本独占满洲利益,他就很难办。如果扶植一个能为天下人接受的人(他回避了"傀儡"这个词,改称"有德者")治之,日本人照样可以捞些好处足矣,像路权、矿权、租界权、领事裁判权等。以前在旅顺、大连、在青岛不都是有先例可循的吗？

溥仪觉得他分析得很在理,又掉头问陈宝琛怎么看？

这看法与陈宝琛不谋而合,不管怎样,重登了大位,皇上总就还是万乘之尊,再慢慢励精图治,把关内十八行省次第收复,也是有可能的,事在人为。

溥仪架子又端了起来,他是有条件的,他重新当皇上,必须是延续大清的基业,另起炉灶不行。

溥杰嘴上奉承哥哥,心里却觉得他挺可笑,被人像垃圾一样扫地出门,什么脾气都没有了,现在给鼻子上脸,还来劲了。他比被皇权塞满脑袋的溥仪要清醒得多,人家给你个牌位也不是为了你,而是装门面,一旦你没用了,一脚踢开是必然的,谁愿意找个祖宗供着啊！不过这话在刚愎自用的溥仪面前,是万万说不得的,典型的"皇帝的新衣"。

溥仪很在乎这从天而降的机遇,叫陈宝琛和溥杰马上带人潜入旅顺,去找土肥原,甘粕正彦也行,这两个人都和逊帝打过多次交道。他还特别叮嘱,要找找肃亲王府的十四格格,也就是川岛芳子,问个准信,她好歹是大清格格,总不至于胳膊肘子往外拧吧。

溥杰、陈宝琛一同喊"臣遵旨"。溥仪很受用,很久没有这样的好心情了,晚餐居然多吃了半碗红粳米饭。

溥仪要借重的川岛芳子早已来到天津,只不过她的任务是"侧攻",以婉容为目标。

通往婉容"后宫"的门口警卫森严。川岛芳子要见婉容,就没那么容易了,溥仪是有禁令的,后宫不准放任何人进去。

川岛芳子有的是鬼点子,她从一辆卧车上下来,身后跟着一辆敞篷汽车,上面拉一口大棺材。

穿高级软缎旗袍、蹬花盆底鞋的川岛芳子带着史践凡径直走向门卫,两杆枪交叉挡住她。为了见昔日皇后,她特地把格格的行头都装扮上了,只是没好意思上"二把头",那会让人觉得见了妖精。

川岛芳子面显忧戚地对门卫诉说,他母亲在婉容皇后宫里当女佣,昨天晚上暴病而亡,她得到凶信,是来盛殓发送她老人家的。

几个门卫相互看看,昨天夜里,听说侍候婉容的老嬷嬷还真死了一个,还没出去呢。他们觉得挡死人道怕遭报应,撤回枪,对她网开一面,放她去尽孝,也算成全别人。川岛芳子一摆手,又上了轿车,带着黑棺材进了静园。川岛芳子真有本事,她在静园外面等了几天了,买通了后宫买菜的人,所以啥消息都掌握。

进了大门,就不用说谎了,川岛芳子把印着"十四格格"的名片递进去后,婉容笑着迎到门口:"哎呀,这不是肃亲王府家的十四格格吗？好久不见了，你都出落成大姑娘了，快里面请！"

川岛芳子说："可不是，一晃七八年没见了。那年皇后出宫时，我还小，我去过养心殿，我只有一个印象，皇后是天下第一美人。"

婉容叹一声："早是昨日黄花了，国与人俱憔悴。"

丫环上了茶点，婉容叹息地说："随便用点，这如今不同在宫里了，要什么没什么，这茶也不是贡茶了，将就着喝吧。"

婉容看了史践凡一眼："你的随从？"

川岛芳子笑了："我忘了介绍。我可用不起这样高贵的随从，她叫史践凡，是我的好朋友，人家是日本早稻田大学的高材生，他爸是国学大师史籍，你听说过吧？"

婉容没置可否地笑笑，对史践凡说："这姑娘，长的真水灵，又有学问。吃果子吧，从宫里跟出来的面点师傅也都星散去了，你看这豌豆黄，咬一口硬邦邦的，哪像从前，放到口中又香又酥，不用嚼就化了。"

川岛芳子说："皇后真是醒里梦里不忘怀旧啊！"

婉容有几分凄恻地说："怀旧又能怎么样？故国不堪回首月明中……"李后主的词正是皇后如今的心境，史践凡想，落差太大，难怪有"问君能有几多愁，恰似一江春水向东流"之叹。

川岛芳子安慰她："也不必太过悲伤，三十年河东，三十年河西，不知哪一天时来运转，恢复祖宗龙兴大业，您就又是母仪天下的皇后了。"

在婉容听来，这种不着边际的安慰话和骂人差不多。她说："你别说宽心话了,江河日下,还会有那一天吗?"

史践凡倒说得很平实:"其实平民生活其乐融融的,不是更好吗?"

川岛芳子说:"你是没在云端呆过,只知道地上的感觉。皇后,我方才说时来运转,并不是打诳语,我这次回天津卫,是特地来见你,给你通个好消息,咱大清皇室遇到贵人了,该着中兴。"

婉容观察着川岛芳子的表情,一本正经,不像是胡扯,心里一动,就问这贵人是谁呀?

川岛芳子已知溥杰带着使命来见过溥仪,甘粕正彦和上角利一也会来游说。她便问,溥仪皇上就没向婉容透露见溥杰的事吗?

婉容摇摇头,溥仪不是皇上了,可是倒驴不倒架,照样"严禁后宫干政",婉容自然耳目闭塞。

川岛芳子笑起来,都什么年月了,他还抱着老皇历不放。

川岛芳子所以来做婉容工作,也是从侧面打通关节的用意,叫她吹吹枕边风,不过她又说,现在还不便多言,日后便知。万一皇上提起,叫婉容好好劝劝,别堕了青云之志,一旦有人助他再登九五,千万别犹豫,哪怕暂时委屈点,也要忍耐,从长计议,能屈能伸才是大丈夫。

婉容说:"有那好事,不用我多言,皇上也不会错过良机的。"

婉容高兴,吩咐管事太监,叫厨子出去采办点好嚼果,今个要留贵客吃饭,多做几道宫廷菜,也算怀怀旧。

卅二

当陆军大臣南次郎大将被侍者引入皇宫时，举目一望，见天皇下首右边坐着闲院宫载仁亲王，虽已六十六岁，脸色红润，左边坐着八十二岁的前首相西园寺公望，虽然老态龙钟，却矍铄健旺。裕仁天皇很和善地让侍者给二位老臣上茶水、水果，这很不一般。

南次郎深感压力，他知道，若槻他们又搬弄是非，告军方的御状了。他小心地朝拜毕，站在一厢。

裕仁天皇说："你们也闹得太不像样子了。听说把很多无赖之徒、地痞流氓都送到满洲去了？军部又加以重用，这如何能保证军纪？"

南次郎斜了两位老臣一眼，说："启奏陛下，即或有，这也是个别现象，鱼龙混杂的事在所难免。"

裕仁天皇摆摆手，让他先听他们二位的。

闲院宫载仁说:"我说的还不只是军纪,对关东军的欺上瞒下早有耳闻,这太无法无天了。昨天,连黑龙会首领头山满都来见我,他说有绝对可靠消息,坂垣征四郎背着政府近日要在满洲发动军事事变,日期都定了。你南次郎知道不知道啊?"

不等南次郎答言,西园寺公望补充道:"满蒙眼下还是中国领土,事关外交,有争执、纠纷,本应由外交大臣裁处,你们军队屡屡抢在政府前面说三道四,很不像话,阁下无论从辅弼责任还是军事长官角度,对部下都应当充分慎重,严加管束。"

南次郎虽然反感,只得违心地说:"二位前辈训导得是。"

西园寺公望掏出一张纸,说:"我这有一份一百四十名军官签名的上书,让我出面,推动出兵占领满洲,几天前,七十一个右翼集团公开在上野日比谷公园通过决议,反对缩减军费,主张武力解决满洲。这是有人在背后推波助澜,把日本推向战争。"

南次郎偷觑天皇一眼说:"我们面临挑战,也不可违背民意呀!"

裕仁天皇有些不耐烦了:"就这样吧,朕不希望再听到对军方的非议。军人也要有头脑,为国效力无可厚非,得听约束,战争大事,也应由朕裁夺,不然,欲速则不达,会坏了大事。当年朕跟随乃木希典大将和东乡平八郎学习军事时,他们可从不胡来。论对国家功勋,这二位不比你们逊色吧?"这一说,南次郎垂下头一声不敢吭了。

原来,裕仁还在少年时就被送到"肉弹将军"乃木大将跟前严格教育,从小尚武,后来又被送到东宫御学问所,跟随海军大将东乡平八郎学习军事。

南次郎表面听训，并表示一定约束部下，可心里另有算盘，他明白，裕仁未必真的不想攻占满洲，企图灭亡中国的《田中奏折》不是经他首肯的吗？天皇之所以训诫军方，很大程度是做样子给这两位元老看的，有时他也不得不玩点平衡。

南次郎不是不想阳奉阴违地敷衍一下，但裕仁让他召集下级开会，制止越轨行为。

不管怎样，南次郎必须得妥协一下，否则他的椅子就会被搬走，坂垣征四郎他们就失去了靠山，那会更糟。

回到陆军省，他通知立刻在会议堂召集骨干会议。

陆军省和参谋本部的要员都奉命出席会议。会议室悬挂着一张训示牌，大书："神圣帝国独一无二，优越性不可企及，高居世界之巅，而别国宛如朝露，瞬息即逝。"

南次郎阴沉着脸，坐在训示牌下。他已经把天皇召见的事传达给大家了。

建川美次立即断定，这又是币原喜重郎和若槻在搞鬼，鼓动两位老臣上天皇那里告御状。

东条英机主张来硬的，不如现在就发动兵变，先把若槻内阁推翻，搬开拦路石！

南次郎大声制止："不行，时候不到！"

桥本欣五郎也主张我行我素，不管那一套。

南次郎训斥他们幼稚，怎么可以不当回事？闲院宫亲王是谁？是当今天皇的叔祖，是军中没人敢招惹的人物。

这一点谁不知道？论爵位、论资历谁敢比他？他进过法国圣西尔军校和索米尔黑骑士骑兵学院，又毕业于法国陆军大学。日俄战争中，他指挥骑兵第二旅团从太子河右岸深入俄军侧后，造成二十二万俄军正面总攻的大崩溃。

南次郎能不打怵吗？闲院宫亲王说一句话，他们半年翻不过身来。也许人老了就失掉锐气了，不过，他主要是受西园寺公望的影响。

东条英机主张绕开这两位元老，干脆秘密干掉若槻、币原喜重郎两个家伙，省得挡道！

南次郎明确表态，不行。投鼠忌器呀，逞能图一时痛快会坏了大事。可以不在乎若槻、币原喜重郎，甚至可以不在乎西园寺公望和闲院宫载仁亲王，可是天皇的话也不听了吗？

建川美次近乎绝望地说："那现在怎么办？放弃吗？"

当然不是。南次郎认为，天皇并不反对占领满洲，只是时机。只有按军部原计划，再隐忍一年，水到渠成再干，眼下要压住关东军，别越轨。

再等一年？会场一下子乱了，大家被失望、气愤和无以名状的伤心情绪所压倒，桥本欣五郎甚至号啕大哭。他一哭，引发一片哭声。

被这种气氛推动，建川美次替大家抗言。目前已经是箭在弦上，不得不发了呀！现在日本拥有十七个陆军师团、八万海军、二十五万神勇军队，还有三百万退役军人，可随时奉召，五百万经过训练的中学生为后备兵源,对中国一仗,志在必得,怎能轻易放弃?

相比之下,冈村宁次还算冷静,他建议变通一下,既不伤两位元老,也不停下脚步,否则不是功亏一篑了吗?

南次郎火愣愣地站起来:"等一年地球会陨落了吗?"

金谷范三参谋长出来打圆场说:"都不要再争了,这并不伤害我根本大计,过几天再求天皇重下御诏,也不是没有可能的嘛。"

东条英机还要争辩,建川美次拉了他一把,制止他说下去。

南次郎命令建川美次,必须亲自去一趟满洲,把隐忍一年的命令下达给关东军。回头他会给本庄繁写一封私信,也叫他一并带去。

建川美次立正:"是!"

人们散去后,金谷范提醒南次郎,建川美次是坂垣征四郎和石原莞尔的陆大同班同学,志同道合,他去了,会灭火还是火上浇油,这很难说。内阁元老们会不会认为我们所派非人呢?

南次郎的回答很含糊,建川美次比他俩军阶高,总是上级吧?应该不会抗命放弃管束的。

金谷范就没有再说什么,他有预感,那些人不会偃旗息鼓,还会找麻烦。

金谷范没有猜错,离开陆军省,青年军官不约而同地聚集到被视为军人圣地的湖月饭店去了。

桥本欣五郎有几分神秘地告诉大家,方才他向建川美次借来一份记录,并要来他与坂垣私人联络的密码本子,他把密码抄下来了。

这样就可以直接给坂垣征四郎发电,通报情况。从这一点也看出了建川美次的倾向。

永田铁山说:"太好了,那你怎么不马上给坂垣发急电?一分钟都宝贵呀!"

桥本欣五郎说他不敢专断,怎么发,得征求大家的意见。

永田铁山早拿起笔,在纸上写了一行大字:"计划败露,提前行动,坚决干!"

这等于道出了大家的心声,在场军官全都鼓掌。

这正对桥本欣五郎的心思,他认为密电中还要明确告诉坂垣,军部已派建川美次去宣布决定,所以行动必须抢在建川美次到达满洲之前,越神速越好。

冈村宁次有点担心,只怕来不及了。

东条英机觉得距离9月28还有十二天呢,太迟了,太漫长了。

永田铁山出主意,那就再提前,叫他务必在建川美次到达之前动作。

冈村宁次异想天开地说:"建川美次行动最好迟缓一点,譬如拉肚子上不了路。"

桥本欣五郎一脸坏笑:"他拉不拉肚子都一样,你催他快也快不了。"大家都会意地笑了。

为了双保险,抢在建川美次前行动,桥本欣五郎又想出个新点子,去找樱会头目大川周明。

大川周明真有办法,很快就借好了一架飞机。是他朋友冈村先生的私人飞机,不需经军部批准,可以神不知鬼不觉地飞往满洲。

大川周明和桥本欣五郎来到机场,见到了那架私人飞机,一个穿飞行服的青年人从驾驶舱里下来,大川周明向桥本欣五郎介绍说:"中岛信一,我的助手,十分可靠。"

桥本欣五郎对中岛信一鞠躬,把一封信交到他手上说:"拜托,你直飞大连,必须马上见到坂垣征四郎,我怕电报不能及时到坂垣手上,这是双保险。十万火急,此行关系着帝国大业,拜托啦!"

中岛信一道"明白,保证不负重托!"

卅三

北京协和医院的会客室里,赵四小姐正接待史践凡,她说,汉卿忙着批文件,一会儿就过来。她打量着史践凡,说她出落得越来越漂亮了。

史践凡笑笑问:"少帅住院还这么忙啊?"

赵四小姐叹口气:"国事、家事、天下事,哪一样不得他操心?这不,东北老家那边日本人总是挑事,病没好利索,汉卿就张罗要出院呢。"

史践凡说:"那可不行,得听医生的。你得看住他,听说伤寒病很容易落下病根的。"

张学良5月去南京参加国民党三届四中全会,回程路过北平顺便养病。本来打算9月初返回东北,后来得到消息,说土肥原贤二准备在奉天刺杀他,他就又留了下来。

这时张学良大步进来，哈哈笑着接话："怎么，你们俩背地里咒我呀？"

史践凡站起来："我可没胆量咒你，少帅气色挺好呀。"

张学良说："你别叫我少帅，还是叫我汉卿哥亲切。"

史践凡说："那是小时候不知天高地厚，现在可不敢冒犯了。"

张学良坐下说："看来，还是童真无邪，一点儿不沾世俗气。你父亲好吗？他和阎宝航大闹太平洋会议，给中国人提气了，我这老师不同凡响啊！"

史践凡说："家父挺好的，少帅看你这气色不错呀！"

张学良说："病全好了，那个东西也戒了。"

史践凡明白那东西就是大烟，她说这是福音。

张学良问她："哎，这也不是放假的日子呀，你怎么回来了？"

史践凡说："少帅真是贵人多忘事，那《田中奏折》怎么到你手的？"

张学良拍拍额头："看我这猪脑子！践凡是功臣啊，今儿个我到'全聚德'请你吃全鸭宴。"

史践凡说："我吃不下，难得少帅有这么好的胃口。"

张学良说："你这丫头，话里有话呀。你这是讽刺我吗？"

赵四小姐说："践凡从小就快人快语，有话藏不住的。"

史践凡笑："我爸说我狗肚子装不下二两香油。"

张学良抚掌大笑。

史践凡说："家父让我捎给你一句话，你把精锐重兵全调到关内,万一东三省有事,这不是唱空城计了吗?"

张学良说:"我心里有数,从种种迹象看,日本人是想弄点事出来,可他们不能不有所顾忌,有人担心,他们会利用'万宝山事件'、'中村事件'挑起事端,想归想,不也没敢轻举妄动吗?"

赵四小姐说:"昨天万福麟还嚷嚷呢,'听蝲蝲咕叫还不种黄豆了呢',他说小日本再凶,也不能不看英美的脸色,他敢一口独吞了东三省?撑死他!"

史践凡看了张学良一眼,弦外有音地说:"这一定是少帅借口传音了?我前几天陪川岛芳子去见婉容了。"

张学良说:"川岛芳子这个败类,她又窜到天津干什么?"

史践凡说,鼓动婉容再当皇后啊。

赵四小姐笑了,这不是白日做梦吗?

张学良却很重视,说:"这是个信号,她都说了些什么?"

史践凡说:"她说溥仪碰上贵人了,弦外之音是有在龙兴故地复辟的希望。"

赵四小姐笑了:"这太离谱了,至少现在不会有辫帅张勋勤王了吧?都什么时代了!"

张学良沉思地问,溥仪那边有动静吗?

史践凡说:"听说土肥原、甘粕正彦、上角利一受命去秘密会见溥仪,见没见还不清楚。"

张学良沉吟着,如果日本人在打这个算盘,可是挺高明,摆出个儿皇帝,演双簧,日本人在后头操控大权……

张学良还是很自信的。日本人真的会对东三省下手吗？挑衅而已，想在东北得到筑路权、开矿权、海港使用权、租借权，这是他们多年来所追寻的目标，张学良一直不相信他们有鲸吞东北的胃口和胆量。

张学良低估了日本人，这也许是他后来犯下遗弃东三省的不可宽恕错误的原因。张学良哪里知道，此时沈阳特务机关总部里所决策的，正是他认为不可能的事。

楼上会议室，坂垣征四郎召集绝密的应急会议，除了与会者，不论军阶多高的军界人士、资历多深的政客，都一律不准入内，楼内外竟设置了三道岗哨，如临大敌。

会议厅里双层窗帘都拉得严严实实，大白天开着灯。为了打掩护，一楼留声机里还放送着日本国歌《君之代》，这首取自早弘盛创作的旋律和 10 世纪《汉朗咏集》选词的国歌，正回荡着：吾皇盛世兮，千秋万代；沙砾成岩兮，遍生青苔；长治久安兮，国富民泰……

这是坂垣征四郎接到东京桥本欣五郎急电后做出的反应。出席者有石原莞尔大佐、三谷清中佐、今田新太郎少佐、花谷正少佐、名仓桀少佐、儿岛正范少佐、小野正雄大尉、甘粕正彦大尉等人，都是发动事变的核心人物。

坂垣征四郎首先宣读了军部和陆军省的两封急电，严令关东军不得擅自行动。另一封是桥本欣五郎的，叫他们"坚决干"，会场气氛一下紧张起来，像面临天塌地陷的灾难一样，人人都快要窒息了。听完宣读，静场好一会儿，突然像火山喷发一样，暴怒的吼声快把屋顶掀开了。

坂垣征四郎拍拍手,叫大家一个一个地说。

儿岛正范表态,就此罢手太遗憾,主张计划不变,采取断然行动。

今田新太大骂南次郎是个软蛋!

花谷正比较冷静,既然陆军中央部和参谋本部都不让干,动手也没用,就我们孤军奋战,能成吗?不如另找时机为好,至少应等建川美次来了后再定。

三谷清不满地质问他:"你骨头软了吗?"

儿岛正范和小野正雄都很激奋,一齐喊:"还等什么?桥本欣五郎不是叫咱们提前干、坚决干吗?"

今田新太郎说:"一切都听坂垣君的。"

坂垣征四郎与石原莞尔低声商讨一下,沉稳地站起来说:"我们没有退路,只能背水一战!日本是在东方和世界执牛耳的超强帝国,统治万国国民是日本的天命,绝不可动摇意志!"

受了鼓舞的军人们高呼:"绝不动摇!"

坂垣征四郎说:"我宣布,柳条沟爆破,行动提前至18号,也就是今天,马上发布命令,各司其职,除了日期,其余一切都按原计划执行。并令第二师团、二十九联队、独立守备大队立即进入临战状态,命令在乡军人、日本浪人分别集中在沈阳、长春、哈尔滨报到,发枪编队,急电照会朝鲜驻屯军第十师团神田正种大佐,开始向国境线运动,一旦攻打北大营枪声响起,各部队立即投入战斗!"

会场内欢声雷动:"这一天终于到了!"

石原莞尔更为老练,为防止再次走漏风声,可以散风说由于军部干涉,关东军已放弃原计划,特别要使消息渗透给总领事林久治郎,省得他捣乱。

坂垣征四郎赞赏这一招,高明,这叫兵不厌诈!还可以以参谋长三宅光治的名义给陆军省拍急电,声称张学良压迫日紧,对我关东军实行包围,反正编得越厉害越好。这是一个伏笔,为日后开脱关东军责任做铺垫。

石原莞尔会意地笑了。

这时,一个参谋来报:"林久治郎总领事有急事求见高参,等在楼下。"

一时在场的人都愣了。

坂垣征四郎摆手示意不要出声,对甘粕正彦说:"你下楼去应付,就说我不在。怎么应付,你懂。"

甘粕正彦应声而出,当大家都分头去执行命令后,石原莞尔问坂垣征四郎,这最后的决定,告不告诉本庄繁,坂垣征四郎眯着眼,断然说,打响了再报告,省得他为难。坂垣征四郎有十二分把握,一旦发动事变成功,本庄繁会义无反顾地率领关东军冒死向前。现在告诉他,万一他有半点犹豫,你是听还是抗命?

石原莞尔不得不佩服坂垣征四郎的果断和足智多谋。

甘粕正彦快步下楼,来到走廊,对林久治郎一鞠躬说:"坂垣征四郎高参不在,请随我来。"

他把总领事带到楼下一间屋子,甘粕正彦板着面孔说:"有事请跟我说。"

林久治郎知道他预备役的身份,就不屑地说:"你代表得了关东军吗?"

甘粕正彦毫不示弱:"就是坂垣征四郎大佐授权,派我来接待先生的。"

林久治郎无奈说:"那好,请你把我的话转达给坂垣征四郎大佐。有情报称,关东军近日要有军事行动,没有政府命令,没有天皇敕命,就是叛乱行为,请他三思。"

甘粕正彦突然把短刀掏出来,啪地扎到桌上:"我也请总领事先生三思,再多嘴,这刀是不认人的。"说罢扬长而去。气得林久治郎望着悠悠颤动的短刀半晌无言。

坂垣征四郎刚布置完,中岛信一的飞机就到了,他赶到大和旅馆去会见还戴着飞行帽的中岛信一,中岛信一把密信交给了他。

坂垣征四郎看过信,觉得这封信的代价太大了,拍着他肩膀说:"大川君、桥本君和你对帝国一片赤诚,我不会忘。连私人飞机都调动了,我不会辜负他们的重托的。"

中岛信一转告大川先生的意思,坂垣大佐尽管放手干,国内有些反对派也都只是怕打不着狐狸惹一身骚,只要把狐狸抓住,他们不就无话可说了吗?

坂垣征四郎笑,觉得这比喻很生动。他选择9月18日动手,机会很好,坐镇东北军的辅帅张作相回锦州老家给老父大办丧事去了,参谋长荣臻忙着给老父过八十大寿。军中无主帅,就是一群无头苍蝇。

中岛信一提醒他,建川美次将军很快就到,问坂垣征四郎打算在哪儿见他?旅顺?本溪?还是沈阳?

坂垣征四郎早有安排,他到后,准备先送他去沈阳菊文旅馆休息,有最好的女人陪夜,都安排好了,叫他尽管销魂。坂垣征四郎不忙见他,他也未必急于想见坂垣征四郎。

中岛信一会心地笑了,这样对他方便,对坂垣征四郎也方便。

建川美次一下飞机,花谷正来接他,一辆高级"雪佛兰"卧车停在停机坪,花谷正少佐立正敬礼,说奉命来迎接将军,奉谁之命故意含糊其辞。他打开后车门,建川美次少将上车。

"雪佛兰"直接开到奉天菊文旅馆,一下车就可听见从大厅传出的阵阵日本乐声。整个旅馆的内外装饰都是纯日本风格,一串串巨大的冬瓜形红灯笼给这栋建筑涂上迷离色彩。

建川美次笑意不明地看了花谷正一眼:"怎么直接把我拉到旅馆来了?"

花谷正说,长官旅途劳顿,应该好好休息一下。

建川美次问他,坂垣君、石原君在哪里?他们不知道我来吗?

花谷正摇头:"恐怕不知道,我是关东军司令部通知的。若是知道,能不亲自到机场迎接阁下吗?"

建川美次心里明镜似的,也不多问,一边步入大厅正中宽大的铺着猩红地毯的大理石台阶,一边说:"是啊。"

花谷正试探地问他,将军想什么时候让他们来见您?他们都在外地视察军队,通讯又不太方便。

建川美次打了个哈欠:"尽量快点联系吧,找不到又有什么办法?我累了,明天再说吧。"

正中花谷正下怀,他表示一定抓紧联系,跟上来的侍者打开二楼一间特别豪华的和式套房,两个妖艳的艺妓早在屋内,匍匐榻上侍候。

花谷正附建川美次耳边耳语:"这是刚出道的雏儿,坂垣君谁都不让碰,这几天陪将军尽兴。"

建川美次一笑,违心地说:"这没必要,军务要紧。"

一溜侍者鱼贯而入,在桌上摆上了丰盛的日本酒菜。

卅四

就在建川美次进入甜蜜的温柔乡之时,关东军正在调兵遣将,大战迫在眉睫。

从日本国运来的巨型榴弹炮向着北大营昂起黑洞洞的炮口。

坦克车"隆隆"开动。

骑兵沿松辽平原奔袭而来。

运兵车在南满铁路上疾驰。

奉天郊区的柳条沟,是南满铁道线上的一个小站,坂垣征四郎所以选中它,一是因为这里距奉天城北门不到两华里,二是东侧几百米外就是驻扎着张学良陆军独立七旅三个团的北大营。这是1931年9月18日的夜晚,河本末守正带领日本兵在铁道枕木下埋炸药、拉电线。

日本守备队正按计划向北大营迂回运动。

安静的北大营营房里灯火闪烁,毫无防备迹象。河本末守看看腕表,22点10分,距离点火时间还差十分钟,十分钟后,将有一列从长春开来的快车经过柳条沟。

石原莞尔和坂垣征四郎此时也在紧张地注视着墙上"嚓嚓"走动的挂表,石原说:"还有五分钟,实现帝国宏图的礼炮声就响啦!"

南满铁道线上,令人触目惊心的汽笛声中,一列开往大连的快车向柳条沟开来。

石原莞尔在看表,花谷清在看表,坂垣征四郎在看表,"嚓嚓嚓"的表针走动声在死一般沉寂的夜晚显得格外宏大,与炸药起爆器的咔咔声十分相似,让人产生错觉。

当时针指向22点20分时,河本末守的手向下一压,工兵点燃导火索,导火索嗤嗤地喷着蓝色火苗向路轨爬去。

火车头逼近,一声巨响,被炸断的铁轨、枕木飞上夜空。列车似乎踉跄了一下,竟摇摇晃晃地通过了,铁路损伤并不大,但爆炸声就是冲锋号啊,毕竟成功了。河本末守跳了起来,与工兵们拥抱跳跃。

本庄繁这时得到了报告,坂垣征四郎正和他在一起,坂垣征四郎看了一眼本庄繁,他似乎什么都明白了,用意不明地一笑,对坂垣征四郎说,该怎么办就怎么办吧,犹豫就会前功尽弃。

坂垣征四郎激动得泪花闪闪,他准备好的解释的说辞都不需要了。他默默地给本庄繁敬了一个军礼,立即向守在电话机旁的花谷正发令:"开始吧!命令第二独立守备大队立即扫荡北大营,第二十九步兵联队进攻沈阳城!多门第二师团立即投入支援!"

有谁能想到,这时的沈阳北大营却是一派宁静,陆军七旅官兵都很休闲,饭后有人拉胡琴、哼评戏,有人在水池旁洗衣服,有人聚在一起推牌九、摸纸牌。枪架子上连枪都没有,前几天收起来集中存进了军械库,怕士兵一时冲动,对日本关东军的挑衅反击,那违反了少帅"不抵抗,交国联裁判"的命令。

　　营房门口醒目的标语牌上面的"七旅旅训",特别显眼。旅训写的是:"凡我旅士卒,务必秉承总理及司令长官意旨,牺牲一切,共赴国难。"

　　这很快将成为自我讽刺。

　　霎时,北大营七旅六一九、六二〇、六二一团驻地同时遭受日军攻击。

　　火光冲天,枪炮齐鸣,日本关东军独立守备队第二大队迅速从西南角攻入毫无戒备的北大营。东北军士兵们惊慌跑出来,有人喊"日本人打进来了"。

　　一时乱了阵,七旅六二〇团团长王铁汉跑到前面看了看,感到这次不是一般的挑衅,亲自打电话给旅长王以哲,旅部参谋却告诉他,旅长回奉天了。王铁汉一边叫电话兵马上拨六二一团团长何立中和六一九团团长张士贤的电话,但回答却令人沮丧,六二一团部电话没人接,而六一九团更糟,团长根本不在营房里。

　　王铁汉冲出团部,见日本兵正冲进院墙,而东北军只有几个胆大的举枪还击,更多的人因为没有命令正往后撤。

　　王铁汉举枪放了一枪,下令:"还击!还等什么!"

士兵这才开始抵抗,但很快传来了荣臻参谋长的命令,不准抵抗,等待交涉。

面对冲进来的日本兵,难道等着挨打吗？虽然一个营长告诉他,另外两个团已经奉命撤退,王铁汉仍然觉得一枪不放就丢了北大营,对不起东北父老乡亲。况且,上边让"等候"不等于是"等候挨打",他一咬牙,下令自卫反击！他的手下总算打出了排枪、手榴弹,见有几个鬼子倒下去,心头好不解气。

随后,荣臻参谋长亲自打来电话,严令不准抵抗。

不但士兵不知道这是为什么,连团长王铁汉也不明白。他感到耻辱,敌人攻我兵营、占我领土,如不抵抗,人格、国格何在？

王铁汉仍然坚持抵抗,暂时阻止了正面之敌。荣臻又三令五申叫他撤退,即使被日军勒令缴械,占据营房,都可听其自便,并说这是少帅之命,如不遵令,一切后果由他承担。

王铁汉不相信少帅会下这样屈辱的命令,他流泪了,好多后撤的士兵抱着枪流着泪不忍心放弃阵地。日本兵很快攻占了北大营,王铁汉的六二〇团是唯一"抗命"打了一阵子的部队。

王铁汉当然不知道,在9月18日前两周,张学良就给东北边防军和东三省政务委员会下达了指令:"现在对日方外交渐趋吃紧,应亟宜力求稳健,对于日人,无论其如何寻事,我方务当万分容忍,不可与之反抗,致酿事端,即希迅速密令各属切实遵照注意为要。"

王铁汉的部下毕竟白白付出了几百人的伤亡代价,他们愤慨地痛骂荣臻、王以哲"卖国",他并不知道,他们也是遵少帅之命行事。

在北大营炮声响起后,在奉天城里的辽宁省主席臧士毅和东北军参谋长荣臻立即用电话向在北平的张学良请示,张学良正在北平戏院里听戏,是梅兰芳的《宇宙锋》,这是一场为辽北大水灾募捐的义演,他三十分钟后才回电话,明令东北军"务必尊重和平,避免冲突",依然不准抵抗,但指示臧士毅、荣臻等人可以与日方交涉,寻求解决。

这当然是一厢情愿,日本总领事馆以"不明情由,无法奉答"为由,一口拒绝。后来又称一切要等本庄繁司令官从抚顺到达奉天后再回答。

日军第二师团和第二十九联队的回答是用大炮猛轰沈阳城。炮火一停,日军从东南城角潮水一般开始攻进去,对惊慌奔逃的老百姓扫射滥杀。

本庄繁在次日上午倒是赶到了,却把他的关东军司令部迁至奉天,同时带来增援的步兵第三十联队,拒绝与沈阳军、政当局谈判,而且在城内张贴布告,倒打一耙,说东北军爆破了日本人的南满铁路,袭击日方守备队,他们倒成了正当防卫。

仅仅两天时间,安东、凤城、本溪、辽阳、海城、营口、抚顺、铁岭、四平、公主岭等地先后陷落,之后日寇兵锋直指吉黑两省。

这时候,奉命来制止关东军冒险行动的建川美次从菊文旅馆露面了,只字不提他担当的使命,反而在会见本庄繁时表示,对关东军的行动他不会约束,并且建议本庄繁和土肥原贤二,东北政权崩溃后,宜马上推出下一套方案,接溥仪出关,建立伪政权以稳住局势。但也明确了几个要害部门由日本人直接掌控,如外交、国防、交通等。这是为防止英美等国有借口声讨日本的权宜之计。

东北军拥兵近四十万,日本人只用了一万多兵力就占领了东三省,这残酷而可悲的一页,什么时候都是中国人心上的痛。不愿做亡国奴的中华儿女们,掀起风起云涌的抗日浪潮,并在白山黑水间谱写壮丽的篇章,这是与官方的不战而溃形成极大反差的历史。

历史不应当只定格在"九一八"国耻日这一天。